# UNA LLAMADA DESPUÉS DE ORAR

# UNA LLAMADA DESPUÉS DE ORAR

Oscar Ernesto Arés

*Una llamada antes de orar*
© 2024 Oscar Ernesto Arés

Primera edición, octubre de 2024
ISBN: 9798339848554
Independent Publishing

Correcciones: Nazira Günther
Arte de portada: Camila Bobadilla
Diagramación de interior: Natalia Hatt

Todos los derechos reservados.

Se prohíbe la reproducción total o parcial de esta obra, el almacenamiento o transmisión por medios electrónicos o mecánicos, las fotocopias o cualquier otra forma de cesión de la misma, sin previa autorización del propietario de los derechos de autor.

*Soli Deo gloria*

# CAPÍTULO 1

## Una llamada del pasado

Bertolt Cifuentes Akul estaba orando en su oficina a las ocho menos cuarto cuando sonó el teléfono.

A los siete años, su abuela le había enseñado a orar y, desde ese entonces, no pasaba un día en el que no se arrodillara en la alfombra española, también de su abuela, para empezar la mañana. Era una cosa de la costumbre, como cepillarse los dientes o sacar la basura. Incluso, las jornadas en las que el trabajo no le permitía hacerlo, se sentía *sucio*.

Había elegido, o mejor dicho, le *habían elegido* una profesión complicada: era detective. Esa complejidad no estaba en el oficio únicamente, sino en la ciudad donde lo ejercía, Edén Central, o como le decía él, sin exagerar mucho: Sodoma. A su vez, era un detective cristiano, y todo el mundo lo sabía, enemigo o amigo por igual.

El teléfono sonó en tres rondas diferentes. Cuando terminó la oración, contestó:

—Oficina del detective Bertolt Cifuentes. ¿Cómo podemos ayudarle?

Aún no le alcanzaba para contratar a una secretaria, pero tenía un interés exagerado en el servicio al cliente, cosa muy poco común en los detectives que conocía.

Del otro lado de la línea, escuchó una respiración rítmica y débil, pero ninguna palabra.

—¿Aló? ¿Cómo podemos ayudarle? —insistió.

—¿Bertolt? —preguntó la persona del otro lado.

—Amén. ¿Quién habla?

—¿No reconoces mi voz?

Bertolt se quedó unos segundos en silencio. Su cabeza funcionaba de una manera muy diferente a la del resto. En ese momento, muchas líneas de información estaban aglomerándose en su sien; la máquina pulida de su cerebro estaba tratando de dar con un nombre. Pero aun con esa ventaja, el engranaje no lograba juntar las letras necesarias. Lamentablemente, tuvo que darse por vencido.

—La verdad es que no. ¿Quién habla? —preguntó aún maquinando.

Escondida detrás de un suspiro, y con una energía casi inexistente, el nombre salió a la luz:

—Es Alicia Villarreal, ¿te acuerdas de mí?

"¡Bingo!", pensó para sí mismo cuando el rostro y el nombre aparecieron en la primera plana de su paladar. "Alicia, *Alice*… había llovido bastante desde que no pronunciaba ese nombre", consideró con cierto dolor.

—Alicia, ¡cuánto tiempo! ¿Cómo estás? —preguntó renuentemente eufórico.

—Es raro no responder "bien", Berty —dijo brevemente.

Ese sonido se le había olvidado por completo: el ritmo de la abreviatura de su nombre en los labios de Alicia. Obviamente, lo llevó al silencio.

—Es raro no poder decir "estoy bien", viejo amigo. Es raro no poder contarte qué ha sido de mi vida o preguntarte por la tuya. Es raro todo esto, muy raro —reiteró, pensativa.

—¿Por qué no puedes responder "bien"? —preguntó nuestro héroe, asustado.

Alicia sollozó con un llanto muy restringido.

—Alicia, ¿qué pasa? —preguntó rompiendo el silencio.

—Bertolt, perdóname, me cuesta hasta respirar; esto no es una llamada social —dijo agitándose.

El detective tragó saliva. "Efectivamente, todo esto está muy raro", pensó con dolor de cabeza.

—Dime, ¿cómo te puedo servir?

—Me enteré de que ahora eres detective —lo interrumpió.

—Sí —respondió temiéndose lo que seguía, y continuó—. Alicia, ¿estás bien? ¿Luciano está por ahí?

—Necesito contratar tus servicios —explicó volviendo a interrumpir.

—Dime, Alicia, ¿cómo puedo ayudar? —Sacó un *notepad* amarillo y un bolígrafo.

—Es mi hijo, Berty. Está desaparecido.

Bertolt se quedó en silencio y escribió "desaparecido" en la libreta. Después, Alicia continuó:

—Hace una semana, alrededor de las 8 p. m., dejamos a mi hijo Marcelo en la puerta de la casa de su mejor amigo, Miguel Lavalier. Obviamente, una noticia feliz para nosotros, ya que a Miguel le había costado mucho hacer amigos en la escuela. Era una reunión normal, ya sabes, videojuegos y palomitas. Sobre las diez, lo llamamos para ver cómo estaba. Pero no contestó. Se nos hizo raro. Luego, llamamos a los padres de Miguel. Resulta que se encontraban de viaje. No sabíamos eso, por lo que nos tomó por sorpresa. Sin embargo, nosotros confiábamos en los chicos. Marcelo había ido a esa casa por seis meses, ni se nos pasó por la mente verificar con los padres. De todas maneras, cuando colgamos, manejamos para allá. Cuando llegamos, nos abrió Miguel. El pobre tenía la cara pálida. Le preguntamos qué había pasado y dónde estaba Marcelo. Lo único que pudo decir, entre lágrimas, era que se había perdido. Que estaban jugando al fútbol en el patio y que la pelota se perdió en el bosque que daba a la parte trasera de la casa. ¿Recuerdas el Yamacui? —Hizo una pausa para liberar las lágrimas que ya no podía contener, se secó con un pañuelo y siguió—. Mi bebé fue a buscarla y nunca volvió.

Esa última frase le caló hasta los huesos.

—Llamamos a la policía —continuó—. Lo buscaron por un par de días, ya sabes cómo operan los *pacos* en esta ciudad. Probablemente, hayas visto algo en las noticias. Estamos desesperados, viejo amigo, necesitamos a alguien de confianza, a un policía de la vieja escuela, a un sabueso, a un cristiano. No podemos dejar esto en las manos de la policía más corrupta de todo el país. Te necesitamos, Bertolt. ¿Me ayudarías a encontrar a mi hijo?

Bertolt escribía los detalles fundamentales y hacía líneas de relación. Tenía más de veinte preguntas de antemano, pero sabía que no era el momento. Se mantuvo en silencio ante la invitación de Alicia. En su mente, ya había aceptado, pero lo que no entendía era por qué.

—¿Qué dices, Bertolt, no extrañas el barrio? —terminó diciendo Alicia, en lo que, él dedujo, era un intento de normalizar la conversación.

Cuando se iba en una de sus películas, era muy difícil traerlo a tierra de nuevo. Su mente tenía la capacidad de recorrer diversos escenarios a la misma vez, los cuales, después, resultaban en posibilidades que se iban descartando a medida que aparecía más evidencia. Cuando terminó de desarrollarlos, volvió a la tierra. Alicia le había hecho una pregunta muy pertinente y él tenía una respuesta acorde.

—No, *Alice*, no extraño el barrio. Pero tengo fe en que tu hijo va a aparecer —afirmó concisamente.

—¡Fe! —exclamó exaltada—. ¡Cómo extraño la fe! Necesito que me prestes un poco de ella, si es posible.

—¿Hace cuánto no vas a la iglesia? —preguntó tajantemente el detective.

Alicia mantuvo silencio y tomó fuerzas por medio de un suspiro.

—No he ido desde el funeral de mamá —respondió pensativa.

—Cuando encuentre a tu hijo, y sé que Dios nos va a ayudar con eso, te descuento veinte por ciento del precio por la amistad y treinta por ciento extra si Luciano y tú me acompañan un domingo a la iglesia.

—Sí, acepto —contestó después de una pausa prolongada—, pero prométeme que lo vas a encontrar.

—Me conoces, Alicia, yo no hago eso. Solo el Señor conoce el futuro. Pero sí te digo, delante de Él, que daré todo lo que tengo. Resulta que soy bastante bueno en esto —afirmó nuestro héroe con seguridad.

—Suena bien, Bertolt. ¿Recuerdas la dirección de la casa de mis padres? —preguntó de manera práctica.

—Sí, claro.

—Bueno, ahí nos vemos, mañana a las diez. Te necesito cuanto antes. Como podrás entender, el tiempo en este tipo de cosas es oro.

Un suspiro le trajo todo el pasado y le dio ganas de vomitar. Pero era un caballero y un hombre de palabra. Entonces, buscó aliento en su Dios y en su mano.

—Ahí estaré, Alicia. Primero, Dios —respondió con seguridad y continuó—. Dios te bendiga.

Del otro lado, se escuchó un silencio aterrador, muy prolongado, muy innecesario.

—Sí, gracias —cerró cortando el silencio y colgó.

Bertolt no era muy bueno con el pasado, pero tuvo que contener las lágrimas. A pesar de haber estado doce años en la policía y ocho en las fuerzas de inteligencia, su corazón de hierro se derretía cuando su mente era visitada por aquel pueblo maldito que lo vio nacer.

Como no sabía qué hacer, se puso a orar. Era una costumbre que tenía antes de iniciar cualquier caso que aceptaba. De esa manera, decía "me alineo con Dios y su voluntad".

A la pequeña oficina en la calle Velázquez le hacían falta algunos retoques, pues Bertolt insistía en vivir en el siglo XIX. Algunos le decían que era un retrógrado, pero él respondía explicando: "No soy un retrógrado, soy un clásico". Así hacía uso de su sentido, poco entendido, de la humildad.

*Clásico*, como su teléfono de rosca rojo, con el cual atendía todas las llamadas.

Su oficina tenía un escritorio de caoba que había comprado en una tienda de pulgas, una silla antigua de su abuela, y cinco gaveteros de metal donde almacenaba todos los casos, pasados, presentes y futuros. También tenía una mesa, en la que residía una vitrola de su abuela donde ponía vinilos que nadie conocía. Obviamente, le gustaba la música clásica. Pero si alguien quería verlo llorar, las alabanzas antiguas eran la melodía indicada. En su escritorio, siempre tenía una Biblia (que leía todos los días) de cuero negro, de los años 50, en cuya página inicial se leía: "Propiedad de la Hna. Rigoberta Cifuentes". También cargaba una Colt *Sencillo Action Army* que se quitaba del *chest holder* de cuero cada vez que se sentaba. El arma era motivo de un diálogo eterno entre dos partes de él: el cristiano y el sabueso.

Frente al escritorio, había un espejo pequeño que usaba para afeitarse en las mañanas, después de orar.

—Estas viejo, detective, con la nariz más chata cada día —se dijo al verse.

Nuestro héroe tenía una estatura media, pelo negro liso en camino a las canas y un rostro de lija, debido al uso excesivo de la cuchilla de afeitar.

La puerta de la oficina, que asustaba a uno que otro, era de un verde opaco, corroído por el tiempo. En el cristal superior, había una leyenda, donde se leía: "Bertolt Cifuentes Akul, detective privado".

Cuando se arrodilló a orar, justo frente a él, colgaba un cuadro con su versículo favorito, que recordaba cada vez que el diablo, o alguien extremadamente malo, tomaba posición en este mundo, y le hacía recordar aquel día remoto cuando fuimos despojados del jardín de Edén y de la perfección. Cuando bajaba a tierra y a la carne, también le hacía recordar a su abuela y a las tantas veces que se lo repitió cuando se le empañaba el vidrio a la vida. El pasado había tocado la puerta. Entonces, lo leyó en voz alta:

—Los ojos de Jehová están sobre los justos y atentos sus oídos al clamor de ellos. La ira de Jehová contra los que hacen mal para cortar de la tierra la memoria de ellos. Claman los justos, y Jehová oye, y los libra de todas sus angustias. Cercano está Jehová a los quebrantados de corazón y salva a los contritos de espíritu. Muchas son las aflicciones del justo, pero de todas ellas le librará Jehová. Él guarda todos sus huesos, ni uno de ellos será quebrantado. Matará al malo la maldad, y los que aborrecen al justo serán condenados. Jehová redime el alma de sus siervos, y no serán condenados cuantos en él confían.

# CAPÍTULO 2

## Una Bronco azul de los 90

Había llegado a la oficina de su pastor para contarle del caso. Este había orado por él y él le había confesado que, si todo salía bien, tres personas llegarían a la iglesia. El pastor Ricardo Salermo era su mejor amigo.

El cielo se movía a un ritmo extraño. Cuando prendió la Ford Bronco de 1992, empezaron a caer las primeras gotas de la mañana. Se creía libre de supersticiones, pero no podía evitar que ese *pequeño diablo* se las trajera a la mente. "Esto no pinta bien", pensó. Hizo una pequeña oración "para que Dios cuide mi camino" y emprendió viaje. El destino era una pequeña ciudad al sur de Edén llamada Santa Isabel. Tierra que lo vio nacer y, como era costumbre ya en el pueblo, huir también.

Había comprado la troca con el primer bono de la fuerza. Con ella, había recorrido todo Edén, el oeste de Estados Unidos y gran parte de México. Aun cuando los cheques empezaron a venir más cargados, nunca le dio por cambiarla, ni siquiera por un modelo nuevo. "Este es un carro de guerra en tiempos de paz, ¿qué puede ser mejor?", consideraba.

Iban a dar las 6:30 a. m. y había puesto la radio. Únicamente escuchaba el programa de "el Gaucho, un argentino bocón que la tiene clara", o así lo publicitaba. Era cristiano, pero un poco liberal para su gusto. Hablaba de noticias del mundo, de

Edén y, de vez en cuando, daba alguna reflexión bíblica, nada muy profundo.

—Buenos días, bendiciones, Edén. Como siempre, su servidor, Joaquín el Gaucho Saltieri, contándosela como es, sin mentiras, sin tapujos, sin malas palabras, pero con humor. Hoy, tenemos un programa increíble, para llenar su mañana de cosas que contar en el laburo. Bueno, quilombo y aparte, ¿cómo se levantaron? ¿Quién dice "¿ya tomé café, Gauchín?". Como bien saben, yo empiezo y termino el día con mate, me da un asco sobrenatural, pero hay que alimentar el estereotipo. ¡Ja! Quilombo y aparte, edonitas, ¡este es el día que hizo Dios! ¿Cómo pinta hasta ahora?

Bertolt veía el cielo como batallando entre el azul y el gris y le respondía a la radio:

—¿Qué te digo, mi Gaucho? Ni muy muy, ni tan.

El sol había empezado a acariciar el horizonte y el café que había comprado en su lugar favorito, La Finca, ya había bajado a la temperatura que le gustaba: ni muy frío ni muy caliente. Bertolt Cifuentes Akul era un hombre de balances.

El caso lo traía un poco nervioso.

Siempre pecaba de pensar las cosas de más, y por eso *lo habían hecho elegir* ser detective, pero no podía negar que la nube del pasado borraba su exceso habitual de análisis. Simplemente, lo había aceptado; al fin y al cabo, había un joven perdido. También pensaba que necesitaba el dinero y este era su trabajo. Sin dejar a un lado la motivación de llevar a su vieja amiga a la iglesia. Pero, si se escarbaba un poco esa coraza de hierro forjado y se miraba detrás de todas esas racionalizaciones, había un hombre escapista de su realidad, que había optado por cortar cualquier raíz que lo atara a su pasado, de un dolor crudo e indescriptible; indudablemente, había un hombre dispuesto a volver a su propio infierno personal.

Seguía el Gaucho:

—Mi padre siempre me decía: "Juaco, tenés que agarrar la vida por los cuernos, y si se te resbala uno y se te clava en el esternón, al menos tenés algo que mostrar". Mi padre era un hombre bueno, pero no muy sabio. ¿Te soy sincero? Nunca entendí mucho de lo que dijo. El viejo era un quilombo. Otra vez, me dijo: "Hijo, mejor que te conozcan por vago y honesto que por trabajador y mentiroso". En fin, damas y caballeros, no sigan ninguno de estos consejos y mejor lean la Biblia. Tengo que admitir que mi padre era más argentino que cristiano. Quilombo y aparte, ¿tenés un sueño para hoy o solo tenés sueño?

Le faltaban cuatro horas de camino. Mientras manejaba y escuchaba al Gaucho, se puso a pensar en los otros dos casos en los que estaba trabajando. "La verdad, Gaucho, mi sueño para hoy es que no llueva mucho", pensó.

El primer caso era más claro, lo cual no lo hacía menos confuso. En su mente, los deletreaba y repetía así:

1. Sospechoso entra en una mansión vacía. Los dueños estaban de vacaciones. Par de ventanas rotas. No se robó nada de valor. Solamente un libro. En una foto antigua de la biblioteca, se puede el espacio ocupado por el libro. ¿Qué libro se robó? Víctimas: un par de ancianos millonarios con tiempo y dinero para dedicarle a este frívolo misterio.

2. Un funcionario del partido de izquierda Frente Progresista visita a un sacerdote. Fotógrafos del partido de oposición le toman una foto entrando al confesionario con un maletín y saliendo sin él. Caso de alto

rango, no llevado ni a los diarios ni a la policía. "Queremos conocer lo máximo posible antes de explotar la noticia". ¿El sacerdote? El arzobispo de Edén. ¿Dinero?, ¿papeles confidenciales?, ¿propiedades? Nada claro aún.

El Señor lo había complacido, la lluvia había parado.

Le interesaba sobremanera el asunto del libro. A ese tipo de casos los llamaba *casos mantequilla*. Nadie había salido herido, nada grave había pasado, sin embargo, el motivo siempre era muy interesante. "Todo se esconde detrás del motivo, lo que mueve al ser humano para pecar es una razón vilmente justificada", consideraba.

Al segundo tipo los llamaba *casos pacotilla o políticos*. Esos sobraban y los aceptaba únicamente porque pagaban bien y porque tendían a tener las explicaciones más sencillas.

Estos dos, sin embargo, se habían complicado un poco. Llevaba un par de meses con cada uno y el progreso era bastante pobre. Pensaba que, al ocuparse con el tercero, podía dejar respirar a los dos pendientes. Así funcionaba su mente, mientras más *input*, más *output*; mientras más caos, más orden.

Estaba ya a la mitad del camino y se le había acabado el café. Además, su reloj marcaba las ocho en punto. Hora religiosa para el desayuno, como buen hombre de rutina.

Se apartó de la carretera principal y entró en un Denny's para desayunar. Le pidió al mesero unos huevos revueltos con tocino y un café grande.

Mientras esperaba, abrió su libreta negra, lugar donde almacenaba cada detalle de cada caso, de lo más minucioso hasta lo más grande. Aún no sabía qué categoría ponerle a este, pero no podía ser *mantequilla*. Simplemente, escribió "Alicia".

## UNA LLAMADA DESPUÉS DE ORAR

En esa libreta, no era raro encontrar hojas de árboles o pelos de gatos entre los adjuntos, dibujos arquitectónicos y caricaturas, letras de canciones, versículos, y hasta alguna mancha no intencional de café.

Cuando el desayuno llegó, dejó todo a un lado y oró por los alimentos.

"Gracias, Padre, por estos alimentos, por todas tus provisiones y por tu mano providencial en mi vida. Ayúdame a hacer justicia, ayúdame a encontrar la verdad. Que se haga tu voluntad en estas investigaciones. En el nombre de Jesús, amén".

Cuando terminó de orar, volvió con todas sus fuerzas a los huevos. Mientras masticaba, transcribía los escasos detalles que Alicia le había contado.

"¿Por qué Marcelo no les dijo a sus padres que iban a estar solos en la casa?".

"¿Por qué Miguel no llamó enseguida?".

"¿El bosque Yamacui sigue tragándose personas?".

Le dio un sorbo al café para tantear su temperatura: todavía estaba extremadamente caliente.

"¿Por qué Alicia no mencionó ni una vez a Luciano?".

A veinte metros de él, en un ángulo que le cortaba la visibilidad, se estacionó una Suburban negra.

—Tiene una Ford Bronco azul de los 90, carga un traje azul, una camisa blanca y unas botas negras vaqueras —dijo el hombre que la manejaba.

Poco tiempo después, se daría cuenta de que al caso de la desaparición de Marcelo lo tenía que catalogar en una nueva categoría: casos *Señor, ¿por qué?*

# CAPÍTULO 3

Una ciudad de fantasmas y pescado frito

El pasado era un lugar tumultuoso, lleno de rostros y reflejos. Un lugar donde muchas cosas se habían olvidado y otras, sencillamente, estaban ahí en el tiempo que toma abrir y cerrar los ojos. Así era para Bertolt; su mente acumulaba información relevante y desechaba lo que parecían ser sobras.

Pero, muchas veces, era en esas sobras donde estaba la información relevante. Obviamente, no era un proceso uniforme ni consciente, sino una libertad no otorgada a su mente, la cual disponía de esos retazos como bien le parecía. Algún psicólogo por ahí le dijo que era un mecanismo de protección de la memoria, pero se le hacía un chiste de mal gusto que la mente tomara la decisión arbitraria de protegerlo sin primero consultarle.

El pasado era un lugar sin Dios, o, mejor dicho, sin una relación con Dios. Era un lugar oscuro, con sabor a abismo, que le descendía por la sien como una gota fría de sudor. Era un lugar de gritos y golpes, de lágrimas y frustraciones, pero, sobre todo, de muchas, pero muchas ganas de huir.

El pasado tenía rostro de infierno, aunque "Dios nunca me abandonó como yo lo abandoné", como le expuso alguna vez a su pastor.

El pasado tenía el rostro de su familia y del drama de la guerra civil que cambió a su país y lo dividió en tres, pero sobre todo, el pasado tenía el rostro de su padre. Un padre que nunca estuvo, que entregó su vida por una causa perdida, sacrificando a todo lo que contenía su mismo ADN en el proceso. Muchos camaradas y poca familia, muchas banderas y pocas botellas de leche, mucha utopía, pero aún más sangre.

El pasado también poseía el rostro de un hombre rabioso, salvaje y áspero que, cuando la realidad no quiso adaptarse a su utopía, llevó a que su madre cargara con las consecuencias. Pues ¿quién más quedaba para odiar si no la mujer que le hacía el café por la mañana?

También el pasado era su abuela y esa primera fe en Cristo, las clases de piano clásico, las lecturas de la Biblia, los *pies* de limón. El pasado era muchas cosas diferentes entre sí, contradictorias y en constante pelea. Pero a pesar de la confusión, el pasado sí respondía a un solo nombre: Santa Isabel.

Y ahora, por las circunstancias, por el destino, por Dios o por los tres, tenía que volver a aquella maldita ciudad a la que prometió nunca regresar. Pues ese pasado lo estaba jalando hacia su fango para buscar a un niño perdido. Después decían que Dios no tiene sentido del humor.

Cuando empezó a ver a *las empas,* como llamaban en el pueblo a las vendedoras de empanadas de las esquinas, supo que había llegado.

Manejaba por aquellas calles clásicas, del siglo XVIII, fundadas por aristócratas y campesinos, por jesuitas y bucaneros, por santos y por demonios. No había cambiado mucho fuera de la modernización habitual de los edificios y el exceso de bancos.

Donde un ser humano normal veía un detalle ordinario, Bertolt veía un deseo por contar una historia. Aquella ciudad contaba la historia de la decadencia de América Latina, de aquellos pueblos perdidos en la nada donde solo había vida por la mano misericordiosa de Dios.

## UNA LLAMADA DESPUÉS DE ORAR

Se había jurado nunca pasar por aquella calle, pero su curiosidad volcánica lo desvió y a la lejanía pudo ver el apartamento de su abuela, sostenido en un edificio con rajaduras, verde por el moho y con tristes señoras mirando el horizonte, calculando si el arroz se estaba quemando o no. La Ford Bronco también pasó por el antiguo apartamento de sus padres, a cincuenta metros del de su abuela. Este tenía un aire diferente, pues su padre lo había donado a la ciudad como gesto de filantropía en el evento de su muerte. Hoy, era un triste cuartel de una ONG dedicada a la preservación de la vida marina. Aquella calle, estéticamente, era un cementerio. No derramó ninguna lágrima, solo dijo:

—Que disfrutes su presencia, viejita.

Todos los negocios de su infancia estaban con carteles de "cerrado": las sastrerías, las zapaterías, las cocinas económicas y las pescaderías; el único lugar que vio abierto fue el restaurante Las Razones, todavía postrado en la esquina. Era la casa de uno de sus platos favoritos: pescado a la isabelina, una mojarra frita con grasa de cerdo, normalmente acompañada con una salsa de chile rojo, arroz y frijoles negros.

Tenía que admitirse que le dolió ver a la ciudad de esa manera; era como si de su propia historia se borrara violentamente el lugar donde aprendió a caminar, donde jugaba con su hermano, donde iba a comprar pan, ropa o caramelos.

"Pero América Latina es una contradicción", pensó, y no fue hasta que subió las lomas de Alcalá que pudo conocer a Santa Isabel en su realidad y no como un sueño del pasado.

Esas lomas eran las que dividían el norte del sur. La casa de los padres de Alicia estaba en el norte. Cuando la Ford Bronco atravesó aquella frontera, la sangre le hizo ebullición.

Lo que antes era un antiguo vecindario de casas españolas, de un tono rojizo, hoy estaba rodeado por guardias de seguridad privados y construcciones simétricas en tonos blancos, inundadas de un hilo de Range Rovers; casi parecía que el sol salía en el norte y se ocultaba en el sur.

—¿Esto qué es? ¿San Francisco? —se preguntó al llegar a la entrada de la vivienda privada.

—Casa, nombre e identificación —le pidió el oficial.

—Me están esperando los Richards —afirmó y le entregó sus documentos.

El oficial entró y los verificó en una computadora. Luego, se los devolvió y abrió el portón. Tuvo que manejar quince minutos para llegar a la casa de los padres de Alicia. No podía creer lo que sus ojos veían, le parecía surreal todo aquello.

¿Qué había pasado con Lomas de Alcalá?

Reconoció la casa enseguida. Se había mantenido cierta noción de la fachada antigua a pesar de las múltiples remodelaciones y obvias reestructuraciones. Curiosamente, seguía siendo el mismo número: 909.

Estacionó y notó dos carros en la entrada, de los cuales tomó nota: un Mercedes S Class, y un BMW X3.

Cuando apagó el automóvil, pudo notar un movimiento en la persiana, un rápido abrir y cerrar. Entonces, vio la puerta abrirse y a Alicia salir a recibirlo.

Su vieja amiga había cambiado mucho, ya no era esa muchacha rubia de cabello liso y alargado. Hoy, tenía un color rojo opaco, un poco achicado sobre los hombros, desgastado por el abuso del tinte. También tenía una mirada bastante cansada y unos ojos hinchados de llorar. Se atrevió a pensar que tenía una descarga de bótox en cada pómulo y varios hilos de corrección estética en la frente. Notó rápidamente el reloj Cartier y los zapatos Golden Goose, así como su genuina felicidad al verlo.

Detrás de ella, en un caminar lento y medido, salió Luciano, que cargaba un traje beige y unos *loafers*. Tenía también un reloj IWC de cuero obscuro y en su mirada había un exceso de lógica, pues no se veían tan consternado como Alicia; en ese momento, Bertolt notó algo extraño en la dinámica entre ambos y, a partir de ello, los diferenció en categorías opuestas. Lo definió en su libreta negra como *espíritus contradictorios*.

—*Berty,* ¡al fin! Te estábamos esperando. ¿Cómo estás? No has cambiado nada —afirmó Alicia de manera eufórica y le dio un abrazo.

—Bien, *Alice*, bendiciones, un gusto verte —dijo aceptando el abrazo.

—¿Recuerdas a Luciano? —preguntó Alicia mirando a su esposo.

—Claro que sí —confirmó y observó con minucia la manera en que Luciano le estrechó la mano.

—¿Qué tal el viaje? —consultó él.

—Bien, sin mucho lío —respondió de una manera relajada.

—Ven, pasa, por Dios, pasa —pidió Alicia de nuevo con su habitual euforia.

—¿Tu padre sigue viviendo aquí? —preguntó nuestro héroe, curioso, mientras entraba a la mansión.

En seguida, notó el diseño de interiores con influencia japonesa: un jardín central, rodeado por cristales, cuatro *bonsáis* suspendidos del techo, tres jarrones hechos con la técnica *kintsugi* y varias separaciones de puertas corredizas color bambú.

No la recordaba así. Al ver todo aquello, se respondió a sí mismo: "El viejo ya no vive aquí".

—Mi papa vive en México desde que mamá murió. Allá tiene una casa en la playa y se la pasa pescando con sus amigos —le contó Alicia temblorosa—. Pero, bueno, siéntate, siéntate. ¿Tomas café?

—Sí, claro —afirmó con sus ojos aún en la mansión.

—Lindo, ¿verdad? —preguntó Alicia, notando su interés.

—Muy diferente a como la recordaba —contestó nuestro héroe.

—Guadalupe, mi vida, tráenos tres *espressos* y unos dulces suizos para compartir —solicitó en tono alto, dirigiéndose a la cocina.

—Sí, señora —respondió desde allá una mujer con un acento *yamahuizal* que Bertolt identificó rápidamente.

"Ok, hay muchas cosas fuera de lugar aquí. ¿Dónde están los uniformados? ¿los noticieros?", pensó para sí.

Esos *espíritus opuestos* se hacían cada vez más evidentes. En Alicia, había ansiedad y genuina alegría al verlo, pero en Luciano, había una incomodidad palpable. "Como si Alicia lo hubiera obligado a traerme", consideró.

En medio del pensamiento, llegó Guadalupe con una bandeja donde estaban los tres cafés y unos chocolates muy extraños.

"Lo sabía, era *yamahuizal*", caviló al verla. Luego, le sirvió a cada uno. Cuando llegó a Bertolt, tembló un poco al ponerle la taza en la mesa. Él la ayudó. "¿Por qué tiemblas, Guadalupe?".

—Gracias Lupita, puedes retirarte —excusó Alicia a la sirvienta, que ahora no dejaba de ver al detective sentado en el sofá.

—¿Lleva mucho tiempo trabajando aquí? —preguntó Bertolt a rajatabla, refiriéndose a Guadalupe.

—Un par de años —respondió Luciano distraído.

"¿Solo dos años? ¿por qué los nervios, piensa que soy policía? Recuerda investigar a Guadalupe", se anotó mentalmente.

—Perdóname, Bertolt, pero no tengo mis habilidades sociales muy pulidas, como podrás entender. ¿Nos vas a poder ayudar? —suplicó Luciano, con lo que cambió el ambiente de una manera drástica.

Alicia lo miró con algo parecido al odio. Bertolt lo escribiría así en su libreta negra: "Detrás de esa fachada, había varios gritos y muchas peleas. Se podía ver fácilmente. Luciano estaba muy seco, Alicia muy nerviosa. Posible razón: sentido de culpa, errores, estrés extenuante. INVESTIGAR MÁS AL RESPECTO".

Bertolt no se tomaba las cosas muy personales usualmente, entonces, procedió al modo *sabueso,* en el cual sí era talentoso, a diferencia del *small talk,* donde ya había tirado la toalla hacía muchos años.

—Sí, claro. Estoy en su disposición. ¿Cómo puedo ser útil? —preguntó sin ningún indicio de molestia.

—Es sencillo, necesito que encuentres a Marcelo —dijo, y luego miró a su esposa—. Necesitamos que encuentres a Marcelo. Esta ciudad está llena de, perdóname la palabra, policías inútiles. Borrachos y corruptos —expresó, muy agraviado.

—Necesitamos alguien de confianza, *Berty* —afirmó Alicia, traduciendo lo que Luciano estaba intentando decir.

—No podemos confiar en nadie —aseguró Luciano secamente.

—¿Por qué no pueden confiar en nadie? —preguntó Bertolt, imitando la crudeza de sus viejos amigos.

El silencio inundó la sala. Alicia y Luciano se miraron, y ella volteó el rostro con un poco de miedo.

—Necesito que me digan todo si queremos llegar al fondo de esto. ¿Por qué no pueden confiar en nadie? —insistió.

Luciano recobró fuerzas y suspiró.

—Mi compañía adquirió un contrato para rediseñar grandes partes de Santa Isabel. Hay mucho capital extranjero que está interesado. Sabes que las minas de cobalto, zinc y níquel están casi vírgenes. Además, queremos convertir el gran bosque Yamacui en una atracción internacional.

—La ciudad no lo ha tomado nada bien. Sobre todo el sur —explicó Alicia con un temblor, mirando a nuestro héroe.

"El sur y el norte. El famoso sur y el norte", pensó.

El silencio volvió a reinar. ¿Qué se escondía detrás de él? Era sencillo: Bertolt era del sur; Alicia y Luciano, del norte. A pesar de su coraza de profesionalismo, aquella frase "sobre todo los del sur", le pegó en una fibra sensible que tenía veinticinco años de historia y se estaba volviendo a representar frente a sus ojos.

—Perdóname, Bertolt, pero son muy ignorantes, no saben que todo esto trae crecimiento. Yo estoy bajo mucha presión de los inversores. No quieren dejar ni un centímetro de tierra. Desean seguir viviendo en la miseria. Es muy sencillo: sin crecimiento, no hay riqueza —afirmó Luciano rotundamente.

—¿Ha habido amenazas? —preguntó nuestro héroe, huyendo de aquel tema para preservar la paz.

Alicia miró a su esposo con miedo y luego, a Bertolt.

—Desde que se supo del proyecto, quince amenazas, veinte intentos de sabotaje a las oficinas, cinco coches destruidos y tres marchas generales en el centro de unos tales "conservaduristas" liderados por tu primo —narró Luciano, indignado.

—Debemos contratar seguridad privada veinticuatro horas al día —añadió Alicia, con voz temblorosa.

—Entiendo. ¿Ha habido amenazas de secuestro? —preguntó Bertolt tajantemente, mientras su mente creaba una línea de análisis hacia su primo Lauredo.

—No —respondió rápidamente Luciano.

Bertolt automáticamente alzó su mirada para ver el rostro de Luciano; Alicia se mantuvo en silencio.

—¿Qué están diciendo las noticias? —inquirió el sabueso.

—Hay un canal chiquito de un muy buen amigo mío que lo está reportando todos los días. Otros canales lo ponen de vez en cuando. Pero en general, la cobertura ha sido muy pobre. Sospechosamente pobre —afirmó Luciano, con cautela.

Bertolt escribía todo lo que podía en su libreta negra.

—Entiendo. Con esto puedo iniciar. —Se abalanzó hacia su mochila, desde donde sacó una carpeta—. Necesito que me llenen estas preguntas. Es algo estándar para la investigación. Son preguntas privadas. Cuando las tengan listas, me echan una llamada. Son dos copias —les dijo mirándolos fijamente y se las entregó.

—Sí, claro, mañana mismo lo tienes —respondió Luciano al recibir el cuestionario.

—Necesito absoluta honestidad. Esto nos va a ayudar a encontrar a su hijo. No se guarden nada. Otra cosa, necesito una foto nítida de él —solicitó.

Alicia caminó hacia un mueble de la sala y sacó una foto de Marcelo sonriendo junto a Miguel. Luego, se la dio. Bertolt la vio y la guardó en su libreta, que después puso en la mochila.

—Con esto tengo por ahora. Me voy a poner a trabajar. Luciano, como le mencioné a tu esposa, yo me comprometo a dar todo lo que tengo para encontrar a tu hijo. Pero el resto está en las manos de Dios. Ella era muy creyente cuando joven. Es hora de que pongan a Marcelo en oración. Si alguien sabe dónde está, es el de allá arriba, y si es su voluntad, lo vamos a encontrar —afirmó parándose del sofá.

—Confiamos en ti, detective —afirmó Alicia. De repente, se le ocurrió hacer una pregunta—. ¿Dónde te vas a quedar? Mira que tenemos espacio para ubicarte.

—Es mejor para la investigación que mantengamos distancia y anonimidad. Yo me comunico con ustedes si necesito algo. Mientras tanto, me pondré a trabajar —concluyó secamente.

Entonces, llegó Guadalupe para recoger los cafés. Esta vez, la mirada que tenía poseía un terror oculto que parecía querer vestirse de seguridad.

—¿*Yamahuizal yamané?* —preguntó Bertolt en perfecto *yamahuizal* mientras la ayudaba a poner los cafés en la bandeja. Le consultó si era *yamahuizal*.

Guadalupe simplemente asintió, sorprendida, al ver al detective hablando su lengua natal. Luego, entró nuevamente a la cocina.

Alicia y Luciano acompañaron a Bertolt a la salida y lo vieron subirse a la Ford Bronco.

En su libreta, tenía casi cuatro páginas de notas, preguntas, y *leads*. Su mente estaba saturada de teorías, conjunciones y nexos extraños. Definitivamente, había muchas cosas que se podrían haber hablado, pero Bertolt le dejaba eso al cuestionario. Mientras tanto, tenía que hacer su parte: buscar un lugar donde quedarse y, lo más importante, un lugar donde comer.

El corazón de Santa Isabel del sur estaba reducido a un solo restaurante. Ahí se hablaba de todo y se callaba de todo, por lo que podría descubrir cada entrada y cada salida de esa *ciudad de fantasmas* en frente de un fresco y clásico pescado a la isabelina.

# CAPÍTULO 4

Un plátano podrido

## I

—Es hora de ensuciarse las manos —se dijo a sí mismo cuando estacionó en Las Razones. No sabía a quién iba a encontrar ahí, pero sabía que tenía que enfangarse la cara un poco. "O arrestado o en camilla, pero de aquí nunca se sale ileso. Dios, ayúdame".

Cuando apagó la Bronco, pudo ver por el retrovisor a la Suburban. Se le hacía extraño verla en todos lados, "pero si quieres conocer a una serpiente, deja que te muerda", caviló. Hacer filosofía de los coloquialismos era parte de lo que Bertolt era. Más de una vez, la serpiente lo mordió con todas sus fuerzas. Pero ahora, la ignoró y entró.

Las Razones era el establecimiento más transitado por la clase popular isabelina: albañiles, policías y proxenetas, todos compartían secretos y malos chistes entre cervezas y maní. Hablando con su pastor, tiempo después, Bertolt le comentó:

*—Allí se llevaba a cabo toda la conspiración de los comunistas, antes y durante la guerra. Los federales entraban y salían, y nadie abría el pico. Eventualmente, ahí capturaron a Ramon "el Loco" Gutiérrez, mejor amigo de mi padre y el cabecilla del Ejército de Liberación de Edén, sector Santa Isabel, mientras jugaba billar con un escritor famoso.*

Pero los años habían pasado en el restaurante y la decadencia era evidente. Cuando Bertolt entró, había tres mesas ocupadas de las quince disponibles. Una mesera corría de un lado a otro y, sentado detrás del bar, viendo un partido de los Tigres de Santa Isabel contra Universidades FC, estaba Lauredo, "el Gordo" Cifuentes, hijo del fundador de Las Razones, y por *razones* de cierto humor negro, primo segundo de Bertolt Cifuentes Akul.

Al entrar, todos posaron los ojos en ese espécimen con traje de algodón. "Piensan que soy un inversor o un policía y, honestamente, no sé cuál es peor", pensó para sí. Definitivamente, los lentes Ray Ban Aviatior no ayudaban.

Sin embargo, pronto se desinteresaron por él y siguieron atacando su comida. Desde la barra, Lauredo lo recibió, casi sin interés:

—Bienvenido a Las Razones, ¿barra o mesa?

Nuestro héroe se quedó en silencio, se acercó a la barra, se sentó y se quitó los lentes.

—¿Qué pasa, Gordo? ¿no recuerdas a tu primo? Es hora de dejar la bebida —le dijo con una sonrisa.

Lauredo se paró de la silla y lo observó de arriba abajo, con una mirada de sospecha e incredulidad. Poco después, lo reconoció.

—No me digas que el mismísimo duque Bertolt Primero de Edén Central, sargento honesto canonizado, hijo de guerrillero y exiliado de la mejor ciudad del mundo nos visita hoy —exclamó acercándose a él para darle un abrazo.

—Lo de "hijo de guerrillero", es un hecho no debatible. Lo demás son calumnias —aseguró Bertolt entre risas.

El Gordo se emocionó grandemente al verlo.

—¿Como estás, Berty? Pensaba que nunca más te iba a ver —le dijo con una media sonrisa en los labios.

—Pero hoy te vengo con algo incómodo, como siempre. Como una piedra en el zapato, para que no pierdas la costumbre —afirmó nuestro héroe.

—Igual, no es que te piense mucho, así que no te la creas —lo molestó.

—Estoy aquí por trabajo y, para mi propio infierno personal, necesito tu ayuda —le explicó con cara de dolor.

—¿Sigues en la Fuerza? —consultó el Gordo con un poco de desdén.

—No, no, estoy retirado. Soy un *sabueso* privado ahora —le respondió.

—Ah, por eso el traje de político. ¡Bah! *Berty*, nunca cambias, tú siempre detrás del oro. ¿Quieres algo de tomar? Vamos a mi oficina. —Lo guio con la mano hacia dentro del bar.

—Una Coca-Cola. Gracias —solicitó caminando detrás de él.

—Verdad que con lo de la canonización no se juega —le dijo con cinismo.

Lauredo cargaba un delantal marrón de cuero, una camisa que fue blanca en algún momento, una barba de tres días, unas botas enormes negras manchadas de pintura y todo esto sobre su carcaza de ciento sesenta kilos de grasa, o "de fuerza", como le decía cuando eran niños.

Le preparó la Coca-Cola y siguieron hacia la parte trasera del restaurante, hacia "la oficina", que realmente era el almacén de las cajas de licores, con papeles contables en el piso, las paredes manchadas de grasa y un ventilador de techo que movía más polvo que aire.

—Siéntate, Berty. De verdad me da alegría verte. La última vez creo que fue en una actividad de la iglesia. Debe de haber sido como hace veinticinco años —recordó el Gordo, pensativo.

—Veintiséis —respondió Bertolt—. Fue mi último día en Santa Isabel. Esa misma noche emprendí viaje hacia la capital —afirmó con cierto dolor.

—Yo no he vuelto mucho a la iglesia. Igual, cerraron la antigua iglesia por inasistencia. Hoy es una tienda de telas. Desde que murieron los viejos, he ido a la que me invitan un par de veces, por velorios y esas cosas. Esa generación, la generación de la abuela, sí creía de verdad. Creo que a nosotros se nos intentó pasar la antorcha, nos dio calor y la apagamos al segundo. Igual, ¿quién tiene el tiempo? ¡Bah! Los tiempos cambian, *Berty*, esta ciudad ya no cree en nada —aseguró tembloroso.

—¿Cerraron la iglesia de la abuela? —preguntó consternado—. ¿Qué rayos ha pasado con esta ciudad, Gordo?

Lauredo lo miró con cierta ira, con cierto rencor, para después verlo con misericordia.

—Toda tu generación migró —respondió calmado—, los viejos murieron y los pocos jóvenes que quedaron no creen ni en el aire que respiran. Han cerrado más del ochenta por ciento de los negocios con los que crecimos; y bueno, tenemos minas, maderas preciosas y uno de los bosques más hermosos del mundo. Una combinación infernal —terminó diciendo con mucho dolor.

—Escuché qué hay interés en invertir y remodelar la ciudad —mencionó Bertolt dando la primera pulla.

—Claro —respondió el Gordo melancólicamente—. Quieren comprarnos todas nuestras propiedades a un tercio de su precio y expulsarnos más hacia el sur. Quieren arrasar con todo a su paso y dejarnos sin nada, sin historia, sin recuerdo, sin vida. Todo Santa Isabel está en venta. Algunos están haciendo millones. Eso solo tiene un nombre: *vendepatrias* —dijo antes de darle un sorbo a un vaso con licor de maíz.

—¿Escuchaste la noticia del hijo de Alicia y Luciano? —preguntó haciendo lo posible por ocultar su tristeza.

—Claro que sí. Está en todos los noticieros. Se perdió el chamaco. Los *pacos* no tienen idea de cómo amarrarse los zapatos. —Se detuvo de repente y lo miró como si hubiera ganado la lotería—. ¡Ah! Por eso estás aquí. Ya decía que lo único que te podía traer de regreso era o tu abuela, que en paz descanse, o Alicia.

—No digas estupideces, Gordo, hay un niño perdido. —Y agregó cambiando de tono—: ¿qué has escuchado?

—¿A qué te refieres Bertolt? —preguntó dejando el vaso de licor, con mucha fuerza, sobre la mesa.

—Gordo, tú sabes. ¿Qué se dice en la ciudad? ¿qué dicen los comensales? ¿los albañiles? ¿los burócratas? ¿los policías? —Luego, Bertolt hizo una pausa y expresó lentamente mientras lo miraba—: ¿los conservaduristas?

El Gordo lo miraba indignado. Obviamente, se notaba el dolor detrás de la rabia. Luego de tomar aire varias veces, respondió con un suspiro.

—Luciano es un traidor. Nadie lo quiere aquí. Yo sé que la han pasado duro cuando perdieron a la niña por el cáncer, pero nadie lo quiere. Eso te lo puedo asegurar. La policía ya pasó por aquí metiendo sus narices asquerosas en mi restaurante. Arréglate con ellos si quieres. ¡Bah! Están en su bolsillo, de todas maneras. Pero nadie le haría daño al niño. Sé que no somos tan *sofisticados* como los de la capital, pero no somos unos animales. —Luego le dio un sorbo al licor y se paró—. ¿Necesitas algo más? Tengo que terminar el partido.

Fue en ese momento que su mente escogió viajar en el tiempo veinticinco años atrás y ver a Lauredo tirando bombitas en el patio de la iglesia. Igual de gordo, con los mismos ojos afeminados, pero con la voz aguda de la preadolescencia. También veía a Alicia, de la que estaba perdidamente enamorado, sentada en las escaleras de la iglesia con un vestido blanco, mirándolo esquivar las chispas y el humo. Vagamente, veía a su hermano, Ernesto, justo enfrente de ellos, dibujando obsesivamente en su libreta.

No recordaba mucho de su infancia, pero sí aquella tarde, porque un joven de Santa Isabel del norte se había enamorado también de la niña sentada en las escaleras y había comenzado a poner toda su posición, esfuerzo y tesoro en conquistarla.

Bertolt, entonces, entendió y decidió dejar la conversación ahí. En su mente, guardó una nota: "¿Los policías comprados por 'ellos'? Investigar".

Obviamente, se le había olvidado que lo que más definía a los isabelinos del sur era su orgullo, obligado por la nostalgia y anclado en el olvido. Entonces, se paró y le aseguró a su primo:

—Sí, un pescado a la isabelina, con dos rodajas de limón y arroz blanco.

Lauredo lo miró, le dio un sorbo al licor y se limpió la boca con el delantal sucio.

—Y yo pensaba que estabas totalmente idiotizado. Veo que puedes sacar el isabelino de Santa Isabel, pero no Santa Isabel del isabelino. Siéntate donde quieras, ya te lo llevo —le dijo con orgullo.

Salió de la oficina del Gordo y se sentó en una mesa que daba a la calle para ver en qué estado estaba la Ford Bronco. Todo parecía normal.

Alzó la mirada y vio que el partido estaba en el medio tiempo. La mesera le trajo unos cubiertos y un plato pequeño con dos limones partidos a la mitad. Le dio las gracias y se puso a observar el restaurante. A pesar de esforzar su mente, no lo recordaba así. "Supongo que también padezco de esa nostalgia barata", pensó al ver su decadencia.

Detrás de la barra, había un cuadro del padre de Lauredo, Amílcar.

—*El viejo más duro que produjo Santa Isabel* —le dijo una vez a su pastor en Edén Central—. *Las Razones nunca tuvo guardia de seguridad, a pesar de ser el lugar más caliente del sur. El viejo mantenía el orden a puño y escopeta. Hasta los policías le tenían miedo* —le había contado.

Mientras su mente hacía películas, Lauredo salió por detrás de la cortina de la cocina con el plato humeante de pescado. Luego, lo acercó a la nariz de nuestro héroe, con cara de presunción.

—Vamos a ver si todavía corre sangre por tus venas —le dijo finalmente, colocándolo en la mesa con mantel de plástico.

Bertolt se puso la servilleta en las piernas y oró por los alimentos. Todos los comensales lo observaron extrañados. Entonces, Lauredo les indicó que miraran a otro lado con las manos y obedecieron.

Cuando se puso el primer pedazo de pescado en la boca, cerró los ojos. Aquel sabor le trajo todo el pasado como un trago agridulce. Estaba incluso mejor que el de su abuela. En ese mordisco, estaban muchos años nublosos, carcomidos por el olvido, echados a perder por el tiempo y el afán.

Lauredo se quedó de pie, esperando su reacción.

—Delicioso, Gordo, lo único bueno de esta ciudad —le expresó en broma.

—Otro traidor. Cuidado que te linchamos —replicó entre risas, haciendo un gesto como si tuviera un tridente.

Los comensales dejaron de comer y se le quedaron viendo al unísono. Diez segundos después, continuaron comiendo. "¿Qué hay detrás de esas miradas?", se preguntó muy adentro.

El partido había terminado 2-0 a favor de Universidades, y el Gordo se había ido indignado hacia su oficina.

Al terminar, apareció un mensaje sobre el desaparecido:

—Seguimos en busca de Marcelo Richards, el hijo del presidente de Edén Corp. Se encuentra desaparecido hace una semana. Si alguien tiene alguna información, por favor, llamar al 800-500-600. Cada detalle hace la diferencia.

Cada uno de los presentes en el restaurante protestaron al verlo. La reacción le hizo erizar la piel. Luego, salió Lauredo corriendo de la oficina y cambió el canal a otro partido.

"Hay algo extremadamente peligroso moviéndose en el aire de esta ciudad", pensó Bertolt al ver todo aquello.

—Gordo, ¿te tomarías un café con tu primo? —le preguntó cuando salió.

Lauredo le hizo un gesto de café a la camarera.

—¿Todavía tienes la Bronco? —le preguntó mirando por la ventana y sentándose en frente de él.

—No eres el único nostálgico en Santa Isabel, primo —le dijo con ironía.

Lauredo soltó una risa moderada. Poco tiempo después, llegaron los cafés. La camarera retiró el plato, con el cual nuestro héroe había arrasado, y lo miró sin ningún tipo de amabilidad.

—En verdad me da mucha alegría verte, primo. Tú sabes que yo no soy muy dado a los sentimentalismos, pero venir a visitarte me refrescó la memoria. ¿Te acuerdas cuando tirábamos bombitas en el patio de la iglesia? —le preguntó esperando que el café llegara a la temperatura adecuada.

—Yo me acuerdo de todo —le respondió sombrío—. Cada pequeño detalle, cada rostro, cada golpe, cada pared.

—Lauredo, hoy te necesito nuevamente, necesito de tu ayuda. Si no lo haces por mí, hazlo por la ciudad, y si no lo haces por la ciudad, hazlo por la abuela. Yo sé que tú creías en Dios con todo tu corazón. Por favor, necesitamos encontrar a Marcelo —le pidió con insistencia y le pasó su tarjeta.

El café ya había llegado a la temperatura adecuada y le dio un sorbo largo. En la tarjeta, había una leyenda que decía:

**Bertolt Cifuentes Akul, detective privado.**

**Toda la gloria para Dios.**

777-988-0303

Lauredo miró a su primo y asintió en silencio.

—¿Cuánto te debo? —preguntó nuestro héroe tomando su cartera.

—No me hagas sacarte a patadas —respondió agitado su primo mientras se limpiaba la boca con el delantal sucio—. Mi viejo te amaba, me caería a palos desde el cielo si te cobro.

Lauredo se paró también y retiró las tazas de café.

—Tengo que terminar unas cosas en la cocina —dijo el Gordo despidiéndose.

—Vale, entiendo, llámame cualquier cosa, por favor. Gracias, Gordo. —Le dio un abrazo.

Lauredo aceptó renuente a Bertolt, tomó la tarjeta y la metió en su delantal.

Nuestro héroe se despidió de los comensales, los cuales no alzaron su rostro de la comida, y salió por la puerta.

"Bueno, salí ileso hoy... El Gordo sospecha de mí. Lo sé. ¿Qué te traes entre manos, primo?", pensó poniéndose las gafas Ray Ban.

Ya afuera, vio la Suburban negra estacionada a una cuadra. Estaba escondida detrás de unos autos.

Tenía que encontrar un lugar donde reposar sus huesos y aclarar sus ideas. Sabía cuál iba a ser su siguiente parada y sabía que le iba a llevar cierto tiempo. Entonces, manejó en dirección al sur, donde halló un motel que no conocía llamado Esperanza Inn.

Entró, pagó en *cash* por una habitación y le dieron la más lejana del *lobby*, en el segundo piso. Cuando llegó, dejó todas sus cosas sobre el escritorio, que reposaba justo al lado de un aire acondicionado cuadrado. Bertolt le pasó el dedo dejándole una estela de polvo parecida a la nieve.

"¿'Esperanza Inn'? No solo de pan vive el hombre, también de eufemismos", pensó y se tiró en la cama a dormir.

## II

Soñó con su hermano Ernesto.

Cuando se levantó, oró, tomó sus cosas y salió hacia el *lobby* para entregar la llave y tomar un café. Se subió a la Ford Bronco y emprendió camino hacia la vieja comisaría de la ciudad.

En cada investigación, su estilo siempre había sido empezar por los bordes e ir cerrando hacia el centro. Sus amigos policías y detectives le criticaban esa manera fría y lenta de hacer las cosas, pero siempre le había funcionado.

"Muchas veces, los casos se resuelven por los detalles más generales, pues en el centro te puedes perder fácilmente. Hay que ir pelando el plátano poco a poco, con sutileza, y mucha, pero mucha atención", le había explicado una vez a su compañero de patrulla, Salcedo, cuando investigaban un asesinato.

Al encender la Bronco, vio las luces de la Suburban prenderse.

—Vamos, matones. A ver si me pueden seguir —dijo apretando el pedal hasta el límite.

## III

Cuando llegó a la comisaría, sus ojos no podían creer lo que veían. "Dios mío, ¿qué ha pasado con Santa Isabel?", rumió al bajarse del auto.

Al acercarse a la entrada, notó la suciedad en la superficie del edificio, las paredes peladas por la mala mano de pintura, la basura en las veredas y el olor a caucho quemado. También se aproximó a una patrulla y se exaltó al ver el óxido comiéndose el *ring* de las llantas. Para no perder la costumbre, inspeccionó el interior: se encontró con latas de cervezas vacías, bolsas de comida rápida, taladros y banderines de los Tigres de Santa Isabel en el retrovisor.

—Buenos días, bendiciones. ¿Puedo hablar con el capitán Alquímides? —preguntó al oficial de la recepción.

El *paco* estaba viendo un partido del Real Madrid, por lo que fingió no escuchar la primera vez, y nuestro héroe tuvo que insistir.

—Buenas, ¿está el capitán Alquímides? —Esta vez, subió el tono.

—Está almorzando. ¿Qué necesita? —Finalmente, le respondió el oficial sin quitar su mirada de la tele.

—Yo lo espero. ¿Se tarda mucho?

El policía, al fin, lo miró, como si su presencia lo obligara hacer su trabajo.

—Ya te averiguo. ¿Quién lo busca? —preguntó desinteresado parándose del asiento. Todavía miraba la tele en intervalos.

—Dígale que es un viejo amigo —afirmó con una sonrisa en el rostro.

El policía se paró, aún hipnotizado por el partido, y se perdió en una puerta detrás de él. Bertolt se sentó a esperarlo.

"¿Qué pasó con la Fuerza en Santa Isabel? Aquí no se puede resolver ni un crucigrama. Alquímides, ¿qué has hecho, amigo? Esto parece El Congo", caviló al ver las manchas de café en el piso de la comisaría.

Las mismas miradas que había sufrido en Las Razones estaban allí sobre él. Los *pacos* lo veían como se ve a un extranjero, a un bicho raro o a un policía honesto.

—¡Bertolt! —exclamó Alquímides desde lejos. Estaba comiendo un sándwich.

—¡Pancho! —respondió Bertolt estrechándole la mano y continuó—. ¿Cómo estás, compadre?

—Aquí, ya sabes, cambiando el mundo, comiéndome una torta de cerdo. Vamos a la oficina. —Luego, miró a los policías dormidos y les gritó—: ¡Pónganse a trabajar, manga de vagos!

Esto provocó que todos se sentaran en un ángulo de noventa grados en las sillas y se pusieran a escarbar papeles donde no los había.

—Hay que mantenerlos útiles —aclaró mientras mordía la torta.

Al entrar a la oficina, Bertolt enseguida sintió un olor a carne podrida. La pistola Glock 23 semiautomática usada por las fuerzas estatales estaba sobre la mesa, perdida entre carpetas amarillas y bolsas de papel. En una percha de sombrero, estaba colgado un rifle AR-15, decolorado en tres tonos. Alquímides estaba en calcetines agujereados y, cuando los dos se sentaron, los puso sobre la mesa. Las paredes estaban pintadas de un verde militar, opaco, y el techo, cubierto de moho, goteaba sobre un casco en una esquina.

—Pancho, mi hermano, ¿qué pasó con la comisaría? Parece un cuartel de la guerra civil —afirmó en confianza.

Alquímides lo miró y encogió los hombros.

—¿Qué te digo, *Berty*? "No hay presupuesto" es la respuesta de siempre. Pero bueno, ¿cómo has estado? ¿qué ha pasado con tu vida? ¿qué te trae a esta ciudad de ángeles y demonios? —preguntó cambiando el tema.

Bertolt se le quedó mirando y sacó su famosa libreta negra.

—Sencillo: Marcelo Richards —afirmó con seguridad.

—¡Jesús! —exclamó nervioso—. ¡Ese es el único nombre que he escuchado esta semana! ¿Qué hace un policía de Edén Central preguntando por Marcelo Richards? —inquirió antes de morder el sándwich nuevamente.

—No, Pancho, Edén Central no tiene nada que ver con esto. Soy solo yo. Cuando me retiré, me fui a lo privado —explicó.

—¿No me digas que eres un *sabueso* asqueroso? —preguntó con una mancha de mayonesa en la boca.

—Me sobra la segunda parte, pero sí, soy un *sabueso* —respondió ofuscado.

—Lo que me faltaba, Bertolt, un perro oliéndome las patas —dijo moviendo sus pies sobre la mesa.

—Gracias a Dios somos viejos amigos y no tengo que olerte nada —respondió Bertolt observando cómo los movía.

—Bueno, señor detective, ¿cómo te puedo ayudar? —preguntó Alquímides entre risas.

—Necesito ver los reportes. Sé que le encargaron el caso a una unidad especial —afirmó tajantemente.

—De especial no tienen nada —expresó y le dio un sorbo a una Coca-Cola que tenía en el escritorio—. Es la misma unidad de siempre, solo que le tiraron verdes encima —respondió irónicamente.

—¿Luciano les pagó? —preguntó asombrado, pero tratando de mantener el hilo de tranquilidad.

—Miles de dólares. En Santa Isabel, si quieres que se mueva un dedo en la mano derecha, tiene que haber un centavo en la izquierda. Así funciona nuestra querida Fuerza —contestó con sarcasmo el jefe de policía.

—¿Supongo que tú no estás incluido en esto? —preguntó nuestro héroe directamente.

Alquímides guardó silencio y lo miró. Bertolt pudo ver algo de aquel joven soñador en sus ojos, pero también notó las arrugas, el cansancio y un ligero sobrepeso.

—Yo soy un hombre honesto, detective, aunque no lo parezca —le afirmó con seguridad.

Bertolt se guardó un comentario y volvió al tema.

—¿Cómo puedo ver los reportes? —insistió.

Pancho cambió de humor y se acercó a Bertolt.

—Es imposible, Berty, el silencio es el mejor producto que ofrecen los verdes. No se puede hacer nada —aseguró tomándose la Coca-Cola de sopetón.

Bertolt se le quedó mirando.

—Pero es un caso público. ¿Qué sentido tiene el silencio? —preguntó anonadado.

## UNA LLAMADA DESPUÉS DE ORAR

Alquímides puso los pies en el suelo y caminó para cerrar la puerta. Luego, se volvió a sentar y se acercó un poco más a nuestro héroe.

—Por eso me sorprendió verte. Públicamente, se está anunciando en cada noticiario, pero en lo privado, se está tratando con pinzas de doctor —dijo casi suspirando.

—Eso no tiene ningún sentido —afirmó Bertolt, confundido.

—¿Te acuerdas de la casa donde desapareció? —preguntó Alquímides.

—Sí, claro, la casa de Miguel Lavalier —dijo Bertolt leyendo de su libreta.

—Bueno, los Lavalier se mudaron a España —tiró al aire.

—¿Se mudaron? ¿hace cuánto? —El detective, ahora sí, estaba extremadamente confundido.

—Justo después de que los diarios empezaran a acosar a Reymundo y a todo el mundo. Compraron los boletos de avión y *ciao*.

—¿Y cómo los *pacos* los dejaron irse, así como así? —preguntó alarmado.

—Pues, ¿qué tienen que ver ellos? Solo no quieren el acoso. Son una familia de bien, ya sabes, esas de Santa Isabel del norte —dijo irónicamente.

"*¿Por qué Alicia no mencionó nada de esto?*", pensó.

—¿Y qué pasó con la casa?

—Custodiada por la "policía especial" —le dijo sin mucho cuidado.

Bertolt anotó cada detalle en la libreta.

—*Berty*, ten cuidado con este caso. Hay algo muy podrido aquí... Esta ciudad ha perdido la cabeza. Si yo fuera tú, me largaría cuanto antes —le advirtió con confianza.

—Gracias por el consejo, pero estoy grandecito —le respondió y se paró de la silla.

Pancho le dio una media sonrisa y, enseguida, se acomodó el saco. Lo miró a los ojos y sacó una carta que Bertolt no había previsto.

—Bertolt, perdona que te pregunte, ¿qué pasó con tu abuela? —Fue como si le clavaran una estaca en el pecho.

Sabía que había una intención extraña en esa pregunta, pero el golpe había sido muy directo y lo dejó en *shock* por varios segundos. Cuando recobró la compostura, le respondió:

—Nadie sabe, Pancho. La edad probablemente —le dijo para evitar las lágrimas y cambió de tema—. Bueno, no te quiero quitar más de tu preciado tiempo. Acá te dejo mi tarjeta, llámame si tienes algo para mí. Sé que este no es tu caso y que hay otra comisaría encargada de él, pero hay que encontrar al chico. Cualquier cosa ayuda —le indicó y después le pasó la tarjeta.

—Sí, yo te llamo si algo sale —contestó mientras miraba el papel.

Cuando Bertolt se puso los lentes, Pancho se acarició la oreja lentamente y lo miró. Luego, abrió un cajón en su escritorio y le entregó una carpeta que decía "confidencial".

—¿Qué es esto? —preguntó Bertolt.

—Uno de los reportes del caso —explicó Alquímides.

—Pensaba que no estabas encargado —afirmó hojeándolo.

—*Berty*, nada sale ni entra en Santa Isabel sin yo saberlo. Pero tenía que ver si podía confiar en ti —afirmó casi bromeando.

La máquina de su mente se fue hacia cinco posibilidades de por qué su viejo amigo habría hecho tal cosa. Pero ese no era el momento del análisis, por lo que lo dejó ir.

—Gracias, capitán Alquímides. Dios te lo pague —le saludó al despedirse.

—*Berty* —le dijo seriamente—, si te puedo pedir algo, mantenme informado a mí también. De verdad me preocupa el chamaco, aunque no puedo hacer mucho —solicitó con aparente nobleza.

"El hombre de doble ánimo es inconstante en todos sus caminos", consideró en su mente al verlo tomar un sorbo del refresco.

Le dio las gracias y salió de la oficina. Alquímides lo acompañó hasta la puerta en silencio. Cuando se subió a la Ford Bronco, sintió que tenía que orar. Aquello le había sabido a pólvora.

"Señor, siento el alma pesada. Este caso se está poniendo negro. Te pido que se haga tu voluntad y que nos llenes de tu luz. Que aparezca el chico y que me pueda ir de esta ciudad lo antes posible. Amén".

Cuando terminó de orar, miró por el retrovisor, donde pudo notar al capitán Alquímides y a un par de policías calculando sus movimientos. Cuando volteó la cabeza para verlos, ellos lo despidieron con la mano. "¿Qué está pasando aquí?", pensó para sí. Cuando encendió el auto y se posicionó en dirección a la avenida, pudo ver la Suburban nuevamente detrás de él. Esta vez, Alquímides la vio también; nuestro héroe se percató, con seguridad, de ello.

Su mente lo llevó nuevamente a esa tarde en el patio de la iglesia. Cuando un joven Alquímides empujaba a Lauredo y lo tiraba en el piso para darle cachetadas.

—Tengo que ir a la casa de Miguel Lavalier. No me queda otra opción —se dijo. Miró la dirección en el reporte policial y manejó hacia allá.

Definitivamente, la estrategia de pelar el plátano estaba funcionando. Ahora, como pronto entendería, tanto la cáscara, como el interior, estaban completamente podridos.

# CAPÍTULO 5

Hacia abajo

## I

Las aventuras por las que Dios lo había llevado lo habían hecho entender, hacía mucho tiempo, que a pesar del pensamiento popular, siempre hay algo nuevo debajo del sol. Lo que uno tiene que hacer es cargar el mundo sobre sus hombros y dejarse sorprender. Pronto, iba a desear ser más conservador con su filosofía de vida.

Mientras manejaba, se dio cuenta de que el contraste entre el norte y el sur era muy evidente y le dolió un poco el alma. A pesar de ser un capitalista casi radical (aunque pésimo con el dinero), la manera en la que vivía su gente le apretaba el corazón. Prestaba atención a las escuelas, "las pobrecitas escuelas públicas, carcomidas por el olvido, la burocracia y la violencia", y luego, el contraste con las escuelas privadas, que eran pequeñas islas inglesas, con canchas de tenis y de polo, y el té en las tardes. Era duro para él, pero así funcionaba el mundo.

"La conversación entre las clases es lo que permite la paz, el deseo de los desposeídos de mejorar su vida, de tener visión; y el deseo de los de la abundancia de tener un espíritu de solidaridad y caridad al abrirles las puertas a los que llegan para acompañarlos en los suburbios. Es esto lo que mantiene la paz. Obviamente, la herencia del comunismo ha dejado un espíritu de igualdad forzada que desmiembra ese statu quo. Sencillamente, la paz se logra con el pobre queriendo tener y con el rico queriendo ayudar", pensó.

Claro estaba, en Santa Isabel, la dinámica era muy delicada; las heridas de la guerra aún no habían sanado. De hecho, nunca habían estado más al rojo vivo.

## II

En su mente, trataba de enumerar las puertas abiertas, pues ya era hora de empezar a poner candados. Su cabeza era un despeñadero de información que daba vueltas como un átomo en una bomba de uranio. Le faltaba recolectar el cuestionario donde los Richards. Eso le tocaba al día siguiente. Se le hacía raro que no hubieran llamado, pero entendía: uno tiene que ser cuidadoso con el dolor. Pensaba que el Gordo iba a ser clave para entender el ambiente en Santa Isabel. Le había dejado un mal sabor de boca, pero sabía que su primo era una buena persona y tenía puesta su confianza en él. Pancho era un animal diferente. La jugarreta del reporte le había parecido innecesaria, pero si había algo que caracterizaba a las comisarías eran la intriga y el mal olor.

Cuando lo hojeó, entendió que era un reporte rutinario; "como siempre, nada interesante", consideró. Pero era bueno tenerlo. Había pensado que cuando llegara a la casa de los Lavaliers, podía dedicarle más tiempo. Sabía que el permiso de entrada le iba a costar y tendría que esperar la llamada correspondiente, pero entendía muy bien que la burocracia era el gimnasio de la paciencia.

Cuando se estacionó, pudo notar la Suburban a media cuadra de él. "Es interesante su perseverancia, como la de un fantasma que merodea todo lo que hago. Tengo que lidiar con esto lo antes posible, antes de que pele el plátano completo", pensó.

## UNA LLAMADA DESPUÉS DE ORAR

Parqueada en la casa de los Lavalier, había una patrulla de Santa Isabel. Era negra con verde, lo que significaba que eran "fuerzas especiales" y no azules normales. La casa era una obra impresionante de postmodernismo. Tenía la forma de una pirámide egipcia, pero cuadrada en vez de triangular, que estaba rodeada de cristales; también poseía una arboleda, podada en cuadrados perfectos, y una reja de metal con cobertura de bambú, que tenía un logo donde se leía "Lavaliers" formando una flor de lis cuadrada. Era un edificio más impresionante que el de los Richards. El contraste que hacía esa casa con el resto de Santa Isabel era notorio, como si hubieran salido de dos universos diferentes. Cuando se bajó de la Ford Bronco, se acercó a los policías que guardaban la entrada.

—¡Ei! ¿Usted qué quiere? ¡Váyase de aquí! —le gritó uno que tenía cara de pug.

—Oficial, mi nombre es Bertolt Cifuentes, ¿tiene un teléfono por ahí? —les preguntó con autoridad.

Los policías lo miraron como si un loco estuviera hablando.

—Llamen al capitán Alquímides. Tengo permiso para entrar —les expuso con seguridad.

No lo tenía, pero era un buen experimento, pues mataba a dos pájaros de un tiro: uno, la posibilidad de entrar a la casa sin tener que trepar por otro lado; dos, asegurar que Alquímides no quería ni la más mínima sospecha de que su mano estaba en todo esto.

Uno de los pacos fue hacia dentro de la casa y lo telefoneó. Luego, volvió.

—Adelante, señor Cifuentes. Cero fotografías y lo vamos a revisar tanto ahora como cuando salga. Sea responsable —le aclaró el policía secamente.

—Claro, oficial. Muchas gracias —expresó nuestro héroe y entró.

Bertolt había dejado su Colt en la guantera y solo traía consigo su mochila, donde estaba su libreta negra y ciertas cosas a la que los policías no le prestaron ni la mínima atención.

Todavía estaba en shock por la magnitud de la casa. Era una obra arquitectónica impresionante. "¿A qué se dedica esta gente? ¿Desde cuándo hay tanto dinero en esta ciudad?", pensó al ver la puerta francesa.

Cuando logró entrar, notó el orden de los interiores. La sala estaba ambientada con dejes futuristas. Lo notó enseguida. "Obviamente, es cassette futurism", pensó Berlot. La sala de estar se encontraba dos escalones abajo del nivel normal. Cuando bajó los escalones, en el centro de la pared, colgaba la foto de la familia perfecta, con sus nombres debajo: el padre, que tenía un rostro conocido, León Lavalier; la madre, Teresa Lavalier; la hija, Sofía Lavalier; y, por último, el joven Miguel Lavalier. Todo se hallaba perfectamente ordenado, como si el tiempo no hubiera pasado o como si nadie hubiera vivido allí.

Luego, pasó al patio, el cual estaba rodeado con cinta policial. "Ni siquiera intentaron ponerla correctamente", pensó al ver el mal trabajo.

Cuando caminó unos pasos hacia afuera, pudo ver la magnitud de la propiedad. Lo primero que dijo fue:

—Marcelo, ¿dónde estás?

El patio, a su vez, era enorme: tenía una piscina, una cancha de futbol chica y en el fondo, una de tenis. Toda la propiedad estaba rodeada de una cerca de tres metros de altura y, detrás de ella, estaba uno de los bosques más grandes de América Latina. Bertolt anotaba todo en su libreta: dibujaba la altura de la cerca y el camino que daba hacia el bosque.

"¿Por qué una casa de este nivel con este infierno verde detrás?".

Caminando alrededor de la cerca, notó una pequeña puerta de servicio, escondida con una manta. Cuando movió la cobertura, la puerta tenía un candado industrial. Pero debajo de esta, de cara al bosque, había un camino hecho rudimentariamente con piedras.

"¿Por aquí bajaste, Marcelo?".

Entonces, tiró su saco hacia la reja y la subió. Cuando llegó a la punta, se tiró hacia el otro lado. El cielo estaba cambiando de tono.

—Estoy viejo para estos saltos —dijo después de sentir el dolor al caer, pero siguió el camino de piedras hasta la entrada oficial al bosque. Ahí fue cuando lo vio, en todo su tenebroso esplendor: el Yamacui que, en la lengua yamahuizal, significa "hacia abajo".

## III

Podía ver las manos torpes de la policía en todos lados: el terreno estaba lleno de botellas de agua, viejas marcas de lonas y pisadas de botas.

—¿Qué me tienes hoy, mi Señor? —se preguntó de manera general. El camino era hacia abajo y sabía que perderse en el Yamacui no llevaba mucho esfuerzo.

Todavía recordaba una noche, en su adolescencia, cuando vino con Lauredo, Pancho y su hermano Ernesto.

"La guerra estaba por iniciar, pero nosotros no teníamos ni idea de lo que iba a venir. La estrategia para no perderse era marcar los árboles de pasada poniendo un número en cada uno, el cual atravesabas a tu mano derecha", recordaba.

El día ya había empezado a decaer, junto con la temperatura.

—Yamacui, ¿te tragaste al chico? —dijo mirando el misterioso universo de flora que tenía enfrente de él.

El bosque se caracterizaba por sus pinos delgados y altos, sus múltiples serpientes, venados, conejos, ardillas y animales sin clasificación. También por un tipo de árbol, llamado "lacarnek", el cual era de una madera extremadamente dura y resistente, y que, a su vez, emanaba un olor muy agradable. Ese tipo de árbol solo se podía encontrar en dos lugares en el mundo: Australia y Edén.

El clima en esa parte de Santa Isabel era perfecto, pues no había ni calor ni frío; esto permitía a los mosquitos viajar a lugares más húmedos, lo que hacía del bosque un lugar casi habitable.

Tenía varias teorías de lo que había pasado, pero quería visualizar el bosque primero. Hacerse la imagen en su cabeza. "El chico fue a buscar la pelota y no regresó... ¿por qué?".

A medida que caminaba, recordaba las historias que le había contado su madre sobre el Yamacui.

El nombre del bosque fue dado por los yamauizal, la tribu indígena dominante de todo Edén. En los tiempos de la colonia, esta tribu era muy diferente a los de los vecinos, tanto en México como en Estados Unidos. Era pacífica, pero mística. Se decía que, desde Colón y Hernán Cortés, los españoles no pudieron con ellos debido a sus "hechizos", y por eso, aún sobrevivía un porcentaje alto de yamauizales en todo Edén; mientras Bertolt marcaba los árboles a su derecha, eran treinta por ciento de la población total de la zona.

Los yamauizales eran indígenas muy apegados a la naturaleza y, sobre todo, a los bosques, de donde decían que habían nacido sus dioses: Yamazine, el dios del árbol, y Yamakatel, dios del viento. Para la tribu, el mar era un lugar "lleno de demonios", pues, ¿por dónde habían venido los españoles?

## UNA LLAMADA DESPUÉS DE ORAR

La madre de Bertolt era de ascendencia yamauizal, lo que le heredó una nariz chata, su apellido, Akul, y un conocimiento cercano de la tribu.

Las nuevas generaciones se habían apartado de las vías pacíficas y habían participado en la guerra civil, lo que dejó a la población bastante mordida por la muerte y con un espíritu de resentimiento aún peor que el que existía durante la colonia.

En los tiempos de la desaparición de Marcelo, un porcentaje alto de la juventud yamauizal estaba armada, en algo parecido a las FARC en Colombia o los EZLN en México. Manteniendo alguna sombra de su cultura, vivían en las zonas rupestres, y, como los narcos en el país más cercano, controlaban la mayor parte de ellas. Su fuente de ingreso fundamental era la droga.

La verdad era que el miedo a los yamahuizal era generalizado, compartido desde niños hasta viejos. De hecho, gran parte de Santa Isabel del norte estaba rodeada por estos bosques, protegidos por guardias de seguridad privada y una alta presencia de policías. Nadie los quería cerca y trataban de mantenerlos felices dándoles tierra dentro del Yamacui.

Pero Bertolt sabía que, para encontrar a la facción armada de los yamauizal, uno tenía que adentrarse en las ciudades dentro de los bosques, llamada Yamanauhire o Yam, en abreviación, palabra que significaba "hijos de la ira". Hablando con su pastor alguna vez, le había dicho:

—Si alguien quiere hacer el caso de que existe el infierno en esta tierra, Yam es el lugar más cercano.

Otra fuente de ingreso de los yam era el secuestro. Debido a lo impenetrable de sus pueblos, era una operación sencilla: secuestrar para luego desaparecer en el infierno verde.

En sus tiempos en la Fuerza, nuestro héroe tuvo que lidiar con bastantes casos de este modus operandi; la mayoría de ellos, de alto perfil.

Hoy, Marcelo era de alto perfil.

Con ese hilo, había llegado a una de sus primeras teorías: un simple secuestro monetario, aburrido y predecible: los yam salieron de sus agujeros, agarraron a Marcelo y estaban por hacer el pedido monetario.

En la segunda parte, residía el problema con su teoría. No se había hecho ninguna demanda aún, algo raro estadísticamente hablando. Pero pensó: "Es por lo raro que mi teléfono suena".

Dentro de la cultura yam, la familia de Bertolt era de clase real. Su segundo apellido, Akul, significaba "corona". Los Akul había sido una familia dominante dentro de la tribu. Parte de ellos se habían radicalizado durante la guerra, como su madre, pero otra parte eran ultraconservadores, lo que quería decir que aún mantenían los botos de la vieja tribu antes de la colonia; es decir, un extremo rechazo a la ciudad y a la civilización.

Bertolt había anotado en su libreta que la zona en donde desapareció Marcelo estaba dominada por los yamakul-lori, afortunadamente, primos lejanos.

# IV

A medida que caminaba por el bosque, la noche mostraba sus escalofríos. Entendía por qué no había comunicación por medio de celulares. En el Yamacui, no había señal.

Ya estaba un kilómetro hacia abajo sobre aquella bestia impredecible. Rápidamente, se pudo dar cuenta de que el esfuerzo de la policía había sido, si era generoso, humorístico.

Había calculado que únicamente se habían adentrado seiscientos metros hacia el Yamacui. Razonó que los pacos le tenían un miedo visceral a los yam.

La temperatura había descendido, como también la luz. Escarbó en su mochila y sacó una minilinterna negra de alta frecuencia, que le permitía una iluminación poderosa.

¿A dónde caminaba nuestro héroe? ¿había algún tipo de destino? Para responderlo, recordemos aquella medalla de valentía que le había otorgado el gobernador de Edén Central por haber dado con el asesino serial Lumpias.

El caso había sido extremadamente complicado y le había tomado a la Fuerza dos años resolverlo. ¿Cómo lo encontró? Por uno de esos "regalos de Dios", como él los llamaba: había dado con el cuchillo usado para uno de los asesinatos. El ADN concordaba con la víctima, pero había algo más. En la parte del manubrio de plástico, se había almacenado algo parecido al lodo. Es decir, pertenecía a algún lugar donde la suciedad y la tierra abundaban de manera líquida. A nuestro héroe esto lo llevó a la conclusión descabellada de que la razón por las que las fuerzas del orden no daban con Lumpias era que su modus operandi superaba las capacidades de deducción de la mayoría de los policías; por un tiempo, incluidas las de él. El asesino en cuestión tenía su propia fábrica de muerte, ubicada debajo de los pies de todo los edenitas: en las cloacas.

Sonaba como un caso victoriano, pero era brillante. Nadie se atrevía a bajar a esos niveles de la ciudad, solamente un loco cristiano que creía que Dios estaba con él a donde fuera que se metiera. Entonces, un día, descendió sin permiso de sus superiores y caminó varias horas hasta que dio con una puerta detrás de la cual se escuchaba Dead Kennedys. Cuando la abrió, encontró a Lumpias mirando pornografía en una computadora y lo arrestó.

Esa valentía desmedida era también la razón de su éxito. ¿A dónde iba nuestro héroe? Hacia donde Dios lo llevase. A lo único que le tenía miedo era al infierno y, si era sincero consigo mismo, a su padre. Como todo en la vida, su valentía era un juego de azar, se arriesgaba poner su cuello para sorprender a la guillotina, pero si la guillotina lo encontraba primero, perdía el cuello.

—La vida es un balance, pastor: si no me arriesgo, no gano —había dicho alguna vez.

Fue en ese momento que dio con unas pisadas muy pequeñas alrededor del árbol sesenta y ocho. Curiosamente, las pisadas bifurcaban el camino hacia el sur, alejándolo de la línea consecutiva de árboles que estaba siguiendo para no perderse. También notó que estaban solas. Cuando sacó su metro, midió que eran de calzado cinco o seis aproximadamente. Encajaba perfectamente con alguien de la contextura de Marcelo. Era este el primer encuentro que había tenido con él. Pero, rápidamente, se le escapaba, ya que, después de tres árboles, las pisadas infantiles desaparecían y se convertían en pisadas de número diez.

"¿Qué pasó aquí?".

También notó que la pisada no era recta, sino que el pie derecho se volteaba cuarenta y cinco grados hacia el pie izquierdo. No podía cantar victoria, pues después de tres árboles, estas desaparecían también.

"Interesante... así que lo cargaste hasta el árbol sesenta y ocho y borraste todas tus pisadas. Después, el niño se te escapó y fuiste detrás de él siendo muy cuidadoso. Pero cuando el pequeño acrecentó su paso, no tuviste tiempo de limpiar. ¿Se te hacía tarde? Posiblemente".

Esta teoría le gustaba, pero no le cerraba. Era muy obvia para su gusto.

También pensaba que los indios yamacui-lori transitaban mucho por esa zona cuando venía la temporada de caza de venados y conejos. "Es posible que no le pertenezcas a Marcelo, pero es un buen inicio", consideró.

Lo analizó de esta manera: en el caso hipotético de que lo hubieran secuestrado los yams, es posible que lo durmieran con yararé, un tipo de cloroformo de corta duración extraído de una flor típica, como era habitual en su MO. Probablemente, el secuestrador tardó más de los minutos calculados y el niño se despertó. Peleando por su supervivencia, se le escapó, lo que causó las marcas en el piso. Hasta que, luego de perseguirlo, lo interceptó y lo volvió a dormir, por lo que lo cargó el resto del camino.

Cuando llegó al árbol ochenta, notó un pequeño humo que se desprendía por detrás, alrededor de las raíces. Cuando se acercó a ver, el humo era de ¿un cigarro? "Está recién apagado", notó. Cuando se puso sus guantes para agarrarlo, vio que eran Salem verdes.

—Estoy cerca, muy cerca —se dijo a sí mismo con una sonrisa en el rostro. Los Salem verdes eran los favoritos de los indios yamauizal.

Cuando exploró el árbol, notó que tenía un hueco bastante profundo y una rajadura hacia afuera. Acercó la linterna, metió su dedo y se dio cuenta de que, efectivamente, era lo que estaba pensando: una bala. "¿Por qué no escuché nada?", se preguntó y la analizó en detalle. "Efectivamente, la temporada de venados ha iniciado".

Después la guardó en una bolsa, y fue ahí cuando escuchó el primer disparo. Le pasó cerca de la cabeza. Estaba sudando. ¿En qué se había metido?

"Uno no debe jugar con los fantasmas del pasado", pensó mientras se escondía. Pero los fantasmas del pasado sí querían jugar con él e iban hacerlo por bastante tiempo. Después, vio el segundo golpear en el árbol de enfrente. Ahora, se preguntaba cuál era el plan de acción. Sacó su libreta y anotó todo lo que recordaba. Luego, la enterró a los pies del árbol ochenta y uno. Fue en ese momento de agitación que se le vino a la mente la posible resolución del caso del libro.

La mayoría de las veces consideraba su don una carga más que una bendición, una piedra para el deseo de una vida tranquila.

"¿A quién engañas Bertolt? Esta es tu vida. Y no es una vida tranquila. Es esto: correr de la muerte, unir A con B, crear teorías, hacer historias y respirar en la superficie de vez en cuando", caviló.

Antes de que pudiera terminar de enlazar las ideas, el cazador disparó una tercera vez. Pero en esta, le dio en el brazo derecho. Fue ahí cuando se dio cuenta de que el venado tenía nombre: se llamaba Bertolt Cifuentes Akul.

Quince segundos después, para su gran sorpresa, se desmayó.

# CAPÍTULO 6

## Civilización y barbarie

Cuando se despertó, se encontró entre tinieblas.

—¿Dónde estoy, Señor? —se dijo mientras intentaba acomodarse.

Sentía como si hubiera salido de una pesadilla para entrar en otra.

Su cabeza aún retumbaba. No se acordaba de nada. Cuando por fin abrió los ojos, pudo ver que estaba en un cuarto vacío. Lo segundo que llegó a sus sentidos fue el dolor. Era un dolor insoportable, rítmico y abarcador, que lo llevó a dar pequeños gritos involuntarios. Era su brazo, el cual estaba vendado de una manera muy rudimentaria. Estiró la mano hacia la herida y notó que ya había sanado, por lo que ahora reflejaba solo unas gotas de sangre en el exterior de la venda. Luego, se acomodó y se puso a noventa grados contra una pared.

—¿Cuánto tiempo llevo aquí? —se preguntó para sí.

Cuando la palpitación del dolor pasó, pudo darle un vistazo a la habitación. Era un lugar relativamente vacío, con las paredes pintadas de verde menta y el techo de blanco. No había ventanas y la única puerta no tenía manilla. A tres metros de él, estaba la entrada al baño, la cual tenía una cortina de colgantes de madera. "¿Qué es este lugar?".

Al alzar la mirada al techo, pudo ver, en la lejanía, doblada como una araña prismática, la hamaca yamahuizal. Esta estaba bordada a mano, con cruces de colores incompatibles entre sí, como el morado, el amarillo y el verde.

—Estoy en territorio yamauizal —se dijo automáticamente.

Trató de arrastrarse hasta el baño para encontrar alguna salida. Sin embargo, su cazador tenía otros planes y abrió la puerta.

Lo vio en su totalidad. Evidentemente, era un yam: tenía un sombrero de paja, una camisa blanca semiabierta, un jarro de aluminio en la mano y un plato de plástico en la otra. Parecía medir dos metros, algo inusual para la estatura normal de los indios (él mismo había heredado el porte bajo de sus antepasados). En sus pies, tenía unas chancletas de goma amarillas y, colgado en el brazo, un Mauser, bastante arcaico por lo que pudo notar Bertolt

—Yamanakaui Salapi, Yamanere (buenos días, inquilino) —le dijo el indio en yamauizal.

Bertolt se mantuvo en silencio primero y lo miró.

—¿Yamaeuze Lame? (¿dónde estoy?) —le preguntó a modo de contestación después, acomodándose nuevamente en noventa grados frente a la pared.

—Yamanar Ye (en mi casa) —respondió.

—Yamakul-Lori Yamané? (¿usted es yamakul-lori?) —preguntó sabiendo la respuesta.

—Yamakul-Lori Ye (sí) —y luego, continuó—: ¿Yamiré Lená? (¿tienes hambre?).

—Yamiré Ye (sí) —le contestó.

Luego, el indio se acercó a él y le dejó el plato de comida en el piso, junto con la taza de café. Bertolt agarró el plato y vio que era yenezel yareu, es decir, conejo hervido con tortillas, un plato tradicional de desayuno de los yam.

Mientras Bertolt comía, el indio fue a buscar una silla. La puso en frente de él y lo vio comer en silencio.

—¿Yenezel Bagé? (¿usted me disparó?) —preguntó Bertolt mientras tomaba el café con leche.

—Bagé Ye (sí) —respondió entre risas.

Bertolt se quedó en silencio y siguió comiendo. El indio continuó hablando.

—Yamanahuire Legá Zeraidé Yemizel Lemé (ningún yamanahuire entra en mi territorio).

Hacía años que Bertolt no probaba el yenezel y realmente lo estaba disfrutando, dadas las circunstancias. Se dio cuenta de que había pasado un día nada más: lo calculó por la profundidad de la herida y el tiempo de sanación.

—Yamakul-Lori Yame, Yamanahuire Ne (yo soy yamakul-lori, no yamanahuire) —respondió Bertolt.

—¿Yenzá Lemná Yeziré? (¿por qué crees que todavía respiras?) —respondió el indio y continuó—: Akul yé, Yazé Medó Lenmá Zeraidé (eres línea real, pero mezclada con hombre blanco).

—Selá Yenzá Yanipé, Lenmá Lemé Zeraidé-le (sí, pero no lo tomes en mi contra, me caía mejor mi madre).

Los dos se rieron.

Ya había terminado el conejo, por lo que el indio le retiró el plato y la taza. Luego, lo ayudó a levantarse. Bertolt sabía lo religiosos que eran los lori, y por eso, estaba tranquilo; el apellido Akul era su salida de ese lugar.

—¿Bagé Lemná Lemé? (¿la herida cómo está?) —preguntó sentándolo en la silla.

—Lemé Lenmá (ya está bien) —contestó y preguntó—: ¿Yararé? (¿veneno?).

—Yararé Ye (sí).

Entonces, el indio lo llevó al portal. Era un lugar abierto, con dos sillas en la entrada y todo el Yamacui enfrente de él. Bertolt se sentó en una de las sillas y el indio en otra. Luego, agarró unos de los cigarros Salem, que estaba en una mesa entre las sillas, y se lo ofreció a Bertolt, quien negó con la cabeza.

El indio se quedó mirando el bosque mientras fumaba. En la luz del día, pudo notar los detalles de su cara. Tenía una cicatriz en la mejilla derecha y las manos carcomidas por el trabajo de la tierra, casi sin uñas. Sus ojos eran verdes y un collar, que pudo identificar como el típico de los yamakul-lori, le rodeaba el cuello; estaba hecho de una planta sagrada de los yam llamada yamaná, que significaba "planta del viento".

—¿Yamacui Lé Será? (¿qué hacías en el Yamacui?) —indagó el indio.

—Yeniré Le Zamané (buscando a un desaparecido).

—¿Yeniré Le Nemé? (¿el niño que se perdió?).

Bertolt lo miró fijamente. El indio simplemente miraba al bosque, hipnotizado por el movimiento de las ramas.

—¿Yaniré Selairé Ezainé Zará? (¿has visto a alguien desconocido transitando por aquí?) —preguntó el detective.

El indio se mantuvo en silencio como por quince segundos. Luego, respondió.

—Ezainé Yamahuire Selairé Salé (la ciudad de los yamanahuire está cerca).

Bertolt se quedó mirando la obscuridad del bosque. "Sabía que estaban cerca, pero no sabía qué tanto", pensó.

—¿Yamahuire Selairé Enzé? (¿has visto a alguno recientemente?). —Entonces, sintió un tirón en el brazo y se llevó la mano a la herida. Después, continuó—. Yamanahuire Selé Sereié Le Yeineré Sereizé Salaé Santa Isabel (lo más probable es que lo tomaron de una casa en Santa Isabel, para territorio yamanahuire).

—Yamanahuire Halé Yamazine (Los yamanahuire están malditos por los dioses) —dijo apagando el cigarro y continuó—. Né Selé, Zaraidé Namé Salá Zerá (noté pisadas, y tabaco masticado por la zona donde te disparé).

Bertolt se mantuvo en silencio oliendo las yerbas que cocinaba el indio. Luego, volteó su mirada a la inmensidad del bosque.

—Salé Zaradá Lenmè Kété (¿viste a algún joven blanco?).

—Yamazine Zaradá Lenmè Yamacui Zolé Zará (los blancos no son aceptados por el Yamacui. Pero no).

—¿Te perdiste en el Yamacui, Marcelo? —manifestó Bertolt, como si se le hubiera salido de la mente.

—Yamacui Yeniré Ezainé Le, Zaradá Salé Yamacui Selé (nadie se pierde en el Yamacui. El hombre blanco no es aceptado).

Bertolt mantuvo silencio. Después de un rato, asintió incómodamente. El indio lo vio y pasó a observar el viento golpeando los árboles. A continuación, se tocó el collar que tenía en el cuello.

—Yamanahuire Selé Nemé, Yamaná Le (el viento me dice que los yamanahuire lo robaron) —le contó en un ataque. Parecía sufrir espasmos que lo llevaban de un lado al otro.

"Señor, ¿estás en este lugar? Te necesito", pensó al ver todo aquello.

Luego, el indio le agarró la mano con temor.

—Yamanahuire Zeraidé, Yamanahuire Zeraidé (yamanahuire y hombre blanco, yamanahuire y hombre blanco).

Bertolt se quedó en silencio observándolo. "¿Yam y hombre blanco? ¿quién se lo dijo? ¿el viento?".

—Yamanahuire Zeraidé (indio y hombre blanco) —repitió, esta vez mirando hacia el Yamacui.

El indio luego salió del trance y fue hacia adentro para traer las pertenencias de nuestro héroe, una muda de ropa nueva y un frasco con un líquido turquesa.

—Yararé Ya Nemé (antídoto para el veneno) —dijo y continuó—: Yamauizale Kalé (que los dioses estén contigo).

"Señor, perdónale el paganismo", pensó y luego asintió.

—¿Yenzé Selé Mané—Me Yamanahuire? (¿cuál es el campamento más cercano de los yamanahuire?) —le preguntó agarrando las cosas.

El indio se quedó en silencio, luego, apuntó hacia dentro del bosque, en dirección sur.

"¿Con que el infierno está cerca, no?", caviló.

—Akul, ¿Yenzé Yamauizal Yamazine Selé? — (Akul, ¿Yamazine, el dios del árbol, te llamó? —Lo miraba fervientemente a los ojos.

—Jesucristo Selé. Jesucristo Selé (Jesucristo me llamó, Jesucristo me llamó) —respondió mirando hacia arriba y añadió—: ¿Palé Yamané Seliné Ye? (¿puedo orar en tu patio?).

El indio lo vio raro. "Piensa que soy un traidor blanco", consideró Bertolt.

—Ye, Selé Yenzé Naal, Yamazine Lenmé (sí, pero después necesito que te vayas, no me gusta meterme con Yamazine) —respondió con desidia, como si un gran miedo hubiera entrado en su espíritu.

—Ye (sí) —respondió nuestro héroe.

Luego, dejó sus cosas en la silla y caminó hacia el césped que daba a la entrada de la casa. Allí, se arrodilló y empezó a orar:

"Señor, me has llamado a este lugar. Siento tu voluntad mientras camino. ¿Hacia dónde tengo que ir? Me has traído al pasado para mirar hacia adelante. Yo tomo cualquier aventura que tú me des, Señor, porque sé que estás conmigo. Tu sangre me rodea. Ayúdame a terminar este caso y a encontrar a Marcelo; sé, en lo más profundo de mi corazón, que estás guiando mis pasos. Ojalá no me equivoque. Perdona a este buen samaritano. Amén".

Cuando se levantó de la posición en que oraba, notó que el indio estaba mirándolo. Entonces, caminó hacia la casa y le dio la mano.

—Dios te bendiga —le expresó con seguridad.

El indio entró a la casa nuevamente y le dio un cuchillo de piedra, un arma tradicional de los yam y una botella con yararé. "En su cultura, esto significa que me está mandando a la guerra", consideró Bertolt.

—Yamanahuire Selé Yamauizal, Salamé Zalé Páné (que los dioses te libren de los yamanahuire. Ahora, sigue tu camino).

—Gracias, amigo —le dijo en español.

Ahora sí sabía lo que tenía que hacer. No iba a lograr nada entrando al infierno. Sabía que, probablemente, no iba a salir vivo. Aunque también sabía que el camino hacia afuera podía ser aún más peligroso. Con determinación, metió el cuchillo en su pantalón.

"Si Marcelo está aquí dentro, nada logro con meterme con un cuchillo de piedra y solo. Sería carne fresca. Pero si de verdad se encuentra en el bosque, es por alguien allá fuera. Necesito salir", razonó el detective.

El Yamacui se lo había tragado para vomitarlo nuevamente. Era hora de lidiar con la verdad. Por ello, le preguntó al indio la dirección de Santa Isabel y este le señaló hacia el norte.

Justo cuando agarró sus cosas y estaba por salir de la casa, se volteó.

—Yamané Selé Nasé (nunca te pregunté tu nombre) —le expresó con cierto cariño.

—Yeizel Salei Malelu Naraisé Yamau Salé (el hombre de dos caminos lanza la flecha del pasado).

—Te diré Yei, si no te molesta —le dijo jocosamente y emprendió su camino de vuelta a la civilización.

Estaba por redescubrir que la línea entre la barbarie y la civilización en Santa Isabel era extremadamente delgada o, prácticamente, invisible.

# CAPÍTULO 7

No todo lo que brilla es oro

## I

El "caso del libro", era uno de sus casos favoritos. A veces, en sus tiempos libres, hojeaba toda la información y trazaba mapas, líneas e historias para dar con la verdad.

En ese momento, en medio de la agitación, había dado con una teoría, que le parecía interesante.

Bertolt no era un creyente del follow the money, pues decía que lo que motivaba al ser humano era mucho más poderoso que el dinero. Lo que motiva al hombre es Dios o lo que sea que pongamos en su lugar; a veces, es la patria o la cenizas de los padres (vale la pena destacar que nuestro héroe era un romántico, y en ocasiones, se golpeaba el hocico con los muros de la realidad).

También pensaba que el cinismo podía ayudar como mecanismo de defensa, pero no como un camino para entender el comportamiento humano. Y esa, casualmente, era su profesión, pues, después de todas las luces y el misticismo que se le había dado culturalmente a su rubro, él siempre afirmaba: "El deber de un detective es, básicamente, entender por qué alguien toma la decisión de moverse de A a B".

¿Qué había movido a alguien a robar un libro, dejando joyas, dinero y dos Mercedes Benz detrás?

La respuesta que le llegó fue esta: habían robado algo insignificante, pero valioso: un libro de fotos familiares.

Cuando se escondía de su cazador, le vino a la mente una conversación que había tenido al inicio de la investigación. "En la rutina se esconde la respuesta". Cuando le tocó hablar rutinariamente con la familia de los Applebaum, los dueños de la mansión, una de las primeras paradas fue Moisés, el único hijo de la pareja de millonarios. Este vivía en un apartamento, en una de las zonas más pudientes de Edén Central. Curiosamente, la propiedad estaba en ruinas: pintada con descuido, rodeada de mal olor y con todo fuera de lugar. Cuando Moisés lo invitó a pasar, notó que tenía los ojos rojos, como alguien que no había parado de llorar.

Otra cosa interesante que notó fue que Moisés tenía un mar de problemas con sus padres.

La transcripción:

"Moisés: (exhala). Deberían de cuidar mejor sus cosas.

Bertolt: ¿A qué te refieres?

Moisés: (silencio).

Bertolt: ¿sabes quién pudo haber robado la casa?

Moisés: cualquiera, en quien solo confían mis padres son ellos dos. Todos lo demás somos moscas detrás del pastel, simples 'agregados'.

Bertolt: si tuvieras que adivinar, ¿por qué no se robaron nada más?

Moisés: no todo lo que brilla es oro. No todo lo que brilla es oro.

Bertolt: ¿a qué te refieres?

Moisés: (silencio). Me tengo que preparar para una cita. Anota mi número y me llamas por cualquier cosa. Para lo que pueda ayudar".

Cuando salía, Moisés le ofreció a Bertolt un vaso con agua. Nuestro héroe lo aceptó, pues era el único tiempo extra que tendría con él. Mientras merodeaba por el apartamento en espera de que se lo traiga, se percató de que había un montón de libros tirados en la esquina de la cama. Le preguntó sobre ellos a Moisés, quien respondió: "Son mis tres libros de cabecera". Pero Bertolt había contado cuatro. Cuando el detective abrió el libro extra, encontró que era un álbum de fotos que retrataba la infancia, evidentemente, de su ladrón.

En la portada, escrito con bolígrafo, se podía leer: "Tigrito, te amamos mucho". Cuando Bertolt le consultó, él simplemente contestó: "Estaba aquí cuando los viejos me dejaron este apartamento". Al tenerlo en sus manos, notó unas rajaduras en la cubierta, como si se le hubiera quitado el forro.

Tiempo después, Bertolt habló con los Applebaum y les preguntó sobre el álbum de fotos. El viejo le respondió:

—Detective, nosotros no somos sentimentales. No tenemos ese tipo de cosas en nuestra casa. Además, Moisés no tendría la estamina como para hacer todo esto, seguro fue uno de los nuevos managers de la compañía, tratando de buscar viejos libros de contabilidad. Nosotros vendimos Edén Corp hace ya veinte años, lamentablemente, también con nosotros se fue su integridad.

"No todo lo que brilla es oro. ¿Qué brilla y no es oro?".

Cuando vio la bala brillando en el árbol, le llegó la respuesta: si tienes padres ricos que te han dado todo menos amor, ¿qué vale más que cualquier cosa?

Obviamente, un álbum de fotos, con la única palabra de amor que se recuerda: Tigrito, te amamos mucho.

## II

Cuando llegó al árbol ochenta y uno, desenterró la libreta.

Tenía que volver a la realidad, había un niño perdido y toda Santa Isabel le parecía culpable. "¿Puede uno arrestar a una ciudad entera?", pensó quitándole la tierra, pues no había hablado con nadie que lo hubiera dejado tranquilo. Era hora de empezar a separar el trigo de la cizaña: "Señor, ayúdame".

## III

Luego de salir del Yamacui, se quitó la venda y volvió a subir la reja hacia casa de los Lavalier.

Aún le dolía el brazo, pero el yararé funcionaba como una bomba de neutrones contra el dolor.

"¿Quiénes son los Lavalier? ¿en qué año llegaron? ¿de dónde salió tanta plata? ¿por qué huyeron en verdad?".

Por alguna razón, esta familia se le había escapado del análisis. No los recordaba de su infancia. Cuando entró en la casa, rascó un poco la pared con la uña y logró dar con la pintura original, que era amarilla. "Esto fue pintado hace poco, aproximadamente hace dos años. ¿Compraron y remodelaron?", analizó.

También le olía el cemento fresco del piso del patio, lo que le daba a entender que no eran únicamente las paredes. "Toda la propiedad está nueva. ¿Con esta plata te mudas a Santa Isabel?", caviló.

Se asomó por la ventana y pudo ver a los dos pacos todavía cuidando las puertas. Lo próximo que hizo fue subir por las escaleras de madera sigilosamente. Cuando llegó al segundo piso, pudo ver un pasillo enorme y como diez puertas que se desplegaban frente a sus ojos.

La primera que abrió fue la de un baño. "Perfectamente limpio, cada detalle, perfecto", observó.

La segunda era la habitación de una niña. Revisó su libreta, buscando el nombre de la hermana de Miguel: Sofía Lavalier. En las paredes, colgaba la misma foto de toda la familia que estaba en la sala. "¿Exactamente la misma? Curioso". Notó que era un cuarto de manual de Ikea: los juguetes, el combo de peluquería, el combo de cocina, los posters de cantantes pop, la colección de tenis, etc. Anotó en su libreta negra toda la información.

Luego, entró al cuarto de Miguel. Era un cuarto también rutinario, pintado de azul, super organizado, con una PlayStation, una colección de tacos de fútbol y una ventana que daba a la entrada de la casa. Como el cuarto de la hija, este era un cuarto típico de adolescente varón.

Abrió un par de puertas de baños, hechos a la misma medida del primero, hasta que dio con la habitación de los padres, en el fondo.

Notó que, en las paredes, no colgaba ningún cuadro, a diferencia de las otras habitaciones. Le dio curiosidad y entró al closet enorme de vestidor que estaba a su derecha. Frente a él, se desplegaba una lista interminable de sacos, zapatos, vestidos, relojes y accesorios perfectamente ordenados. Notó que los zapatos de Teresa Lavalier estaban sin gastar. "Algo típico de la alta clase, ya que, al tener tanta variedad, ningún zapato se usa mucho", consideró.

No pudo encontrar nada fuera de lugar en ese espacio, ni un cabello, ni un polvo, ni una mancha.

Salió de ahí y caminó a la última puerta que estaba enfrente del cuarto matrimonial. La intentó abrir, pero no lo logró. La empujó con todas sus fuerzas sin éxito. Luego, caminó a la ventana que daba hacia los policías; quería ver si aún la Ford Bronco estaba intacta y, cuando la vio, pensó con orgullo: "Dura como un caballo". Después, se fijó en los policías, que estaban desparramados en la entrada de la casa comiendo el almuerzo.

Agarrando impulso, puso toda su fuerza en el hombro derecho y forzó la cerradura. Le dolió bastante el golpe, por lo que gritó.

"Perfecto, Bertolt, haz que te arresten", pensó tocándose el brazo.

Cuando logró abrir, se dio cuenta de que era una oficina. Obviamente, la del patriarca Lavalier, es decir, el padre de Miguel. "Pero, ¿quién es este hombre?", se preguntó con curiosidad.

Era una oficina moderna, con fotos de la familia en la pared, incluyendo también la de un shih tzu.

"La oficina da al Yamacui, naturalmente", pensó al ver la enorme ventana detrás del escritorio.

Le parecía muy interesante que una casa de estas magnitudes, en esa zona, no contara con ninguna cámara de seguridad. "¿Qué no quieres que se vea?", escribió nuestro héroe en su libreta. También anotó que no había ningún círculo en todo el lugar, todo eran líneas rectas, cuadrados y rectángulos.

El escritorio tenía cuatro cajones; cuando intentó abrir uno, estaba cerrado. Obviamente, lo intentó como cortesía, pues ya tenía un abrecartas en su mano y lo forzó desde abajo, por lo que pudo abrirlo rápidamente. El cajón estaba lleno de papeles y escarbó entre ellos. La mayoría decían "LAVALIER INVESMENTS" y eran planes de construcción de ciertos lugares en Santa Isabel. Cuando abrió el siguiente cajón, había una carpeta Manila con sello de hilo, en la que estaba escrito: "Planes para Santa Isabel del sur". Cuando chequeó lo que había adentro, pudo notar unos planos arquitectónicos con el sello LAVALIER INVESTMENTS junto con el logo de Flor de Lis, y al lado: "PENDIENTE de APROBACIÓN por el DIRECTOR DE EDÉN CORP: LUCIANO RICHARDS".

"Luciano, ¿en qué te has metido?", pensó.

## UNA LLAMADA DESPUÉS DE ORAR

Escuchó unos ruidos y guardó rápidamente la carpeta en su mochila. Cerró el cajón, luego, la puerta de la oficina, y caminó hacia el pasillo. Bajó las escaleras hasta dar con los uniformados, quienes lo esperaban en la cocina.

—Ei, tú, ¿a dónde vas? Te dijimos que te íbamos a revisar. El jefe te ha estado buscando. Repórtate en la comisaría inmediatamente —lo persiguió uno de los policías.

—Déjenme, lo llamo —afirmó nuestro héroe tranquilo.

Entonces, Bertolt se acercó lentamente hacia el teléfono de la cocina y llamó a Alquímides. Mientras marcaba, observaba a los policías, que no quitaban los ojos de su mochila.

—Berty, ¿dónde estabas? Llevamos dos días buscándote.

—Trabajando, Pancho, ¿has oído hablar de eso? —le respondió jocosamente.

—Los oficiales dicen que te perdiste en el Yamacui. Necesito que te reportes en la comisaría. Ha salido nueva información sobre Marcelo —le contó agitado.

—¿Supongo que no me puedes decir por teléfono? —le preguntó secamente.

—No. Necesito que te reportes ya —explicó devolviéndole el tono.

—Bueno, diles a tus perros que me dejen ir y salgo para allá —le afirmó tranquilo.

—Pásamelos —ordenó Pancho.

Bertolt le pasó el teléfono a uno de ellos.

Este lo miró de arriba abajo, primero protestó, y después se rio con lo que le decía el capitán. Al colgar, le hizo un gesto de despedida para dejarlo ir.

—Directo a la comisaría, Perrito, no te me vayas a perder otra vez —le dijo uno de ellos.

—Bendiciones, oficiales. Gracias por su servicio —expresó y salió tranquilo por la puerta.

Cuando entró al auto, encontró una nota. En ella decía: "Café La Catedral, hoy, a las 10 a. m. Alicia".

Bertolt se quedó observando a los oficiales que habían caminado hacia la entrada, que ahora lo veían y se reían.

"¿Qué quieres Alicia? ¿darme el cuestionario? ¿pero por qué no en casa de tus padres? ¿o en tu casa? ¿estás con Luciano?", pensó confundido.

Por cada respuesta, le salían tres preguntas más.

Lo primero que hizo fue buscar el reporte policial que había dejado en la Bronco. Pero no lo vio por ningún lado.

"Las puertas no han sido forzadas. Alguien dejó esta nota y se llevó el reporte. Alicia, ¿qué me estás ocultando? Si fueron los pacos, ¿por qué entonces Alquímides me dio el reporte? ¿cómo pueden saberlo?".

Cuando prendió el auto, hojeó nuevamente la carpeta Manila. Lo último que vio lo estremeció hasta los huesos: era un plano de la remodelación de la calle Providencia que tiraba abajo todas las viejas casas y establecimientos para poner tres rascacielos y varios edificios de oficinas. El plano detallaba la demolición de "las estructuras históricas", con "alta urgencia hacia los inquilinos en reposicionarse".

La calle Providencia era una de las más viejas de todo Edén. Algunos dicen que el mismísimo Hernán Cortés le puso el nombre. También era la calle que vio nacer a nuestro héroe, donde vivió su abuela por ochenta años y donde hace un día se había comido un pescado a la isabelina.

Cuando leyó la última página, le salió una lágrima en la mejilla derecha.

"Altas tensiones con el dueño de Las Razones", "POR FAVOR, solucionar cuanto antes".

# CAPÍTULO 8

Calle Providencia #37

## I

Había llegado al café La Catedral y se había pedido un espresso.

Le gustaba sentarse a ver las estructuras de los edificios y los bordes de las casas coloniales. Estaba enamorado de la manera fantástica en la que la gravedad hacía funcionar a la civilización.

Cuando le puso el ojo a uno de los antiguos hogares frente al café, lo llevó directamente a aquellas calles infernales de Edén Central y a una de las tantas veces que le tocó defender su fe con su antiguo compañero de patrulla y actual sargento general de la policía federal de Edén, Agustín Salcedo.

Esperando afuera de la casa de un sospechoso, le había dicho:

—Si somos un producto de la suerte, ¿por qué rayos no estamos flotando todo el tiempo? Déjame ver si entiendo: la nada hizo ¡PUM!, y luego hubo algo. Como resultado de ese ¡PUM!, salió la gravedad. Después, sin ninguna premeditación, tuvimos la suerte de que, en el único planeta de la galaxia donde se conoce vida, casualmente es el único donde la gravedad no hace que estos tacos que estamos comiendo salgan volando o que tú y yo no estemos pegados al suelo como serpientes persiguiendo malandros y respondiendo al nombre de Sargento Lagartija.

—Cifuentes —argumentó Salcedo después de morder el taco—, hay vida gracias a la gravedad.

—No me digas, qué casualidad. Mi hermano, si es así, necesitas más fe para creer en lo suertudos que somos que la que necesitas para creer en Dios. Perdóname, Salcedo, yo no tengo tanta imaginación.

Bertolt recordaba que su compañero lo miró con cierta derrota, para, finalmente, tirar la toalla.

—Ganaste esta, Sargento Lagartija.

Mucho tiempo después, bromeando sobre aquella escena con él, le había dicho que quienes realmente habían ganado el debate habían sido los tacos, porque lo dejaron sin ganas de refutar.

Salcedo fue al primer policía que nuestro héroe logró llevar a la iglesia.

## II

A veces se quedaba viendo los edificios por horas. ¿Cómo era posible hacer algo así? Algo en su extraña mente de patrones y casas de naipes lo llevaba a esa admiración.

—Un edificio es un componente de partes ensambladas a la perfección, donde medio centímetro de error es una catástrofe —le mencionó una vez a su pastor.

Tenía que admitir que su admiración por la arquitectura venía por su hermano mayor, que lo había vuelto loco de niño con su obsesión por el dibujo técnico.

"Ernesto, si estuvieras aquí, me ayudarías a entender lo que hay detrás para construir estos edificios. Si estuvieras aquí, me ayudarías a entender tantas cosas…", caviló.

El café La Catedral tomaba su nombre porque estaba ubicado justo enfrente de la catedral de San Pablo, en el centro de Santa Isabel. Esta era una de las más viejas de toda América Latina, construida en 1570 por orden del rey Felipe II con autorización del Papa Pio V.

La historia popular dice que los cimientos del edificio reposaban sobre un antiguo templo yamahuizal. Este rumor fue volcánico durante la guerra civil y provocó varios atentados por los comunistas.

Bertolt la observaba y la dibujaba en su libreta: las entradas de cada eje, la piedra angular y las caras de los querubines. Debajo de la catedral, cientos de personas entraban y salían: vendedores de cigarros y chicles, sacerdotes y monjas o simples isabelinos. Curiosamente, pudo notar unos noventa turistas, tomando fotos y jugando con las palomas, que se desparramaban como una plaga a los pies del edificio, en la plazoleta central. "Nunca había visto tantos turistas en mi ciudad", se dijo en voz baja. Se sorprendió a sí mismo al llamarla de esa manera.

# III

Al ver su reloj, notó que eran las diez y media.

La única razón por la que estaba ahí era porque ese lugar se llamaba La Catedral y fue el lugar donde tuvo la primera cita con la novia de su adolescencia. "Por eso estás aquí, Berty, ¿sigues enamorado de ella? Por eso, realmente, aceptaste este caso. Por Alicia. Lauredo tenía razón. Y aquí estás, como un inútil, mirando el reloj para que el tiempo pase más rápido y la puedas ver. El matrimonio es sagrado, detective, no dejes que el diablo te engañe", pensó en un tono de desprecio a sí mismo. Después, se sacudió al diablo y lo cerró con: "Señor, ¿qué estoy haciendo aquí? Tráeme paz. Alguien me quiere en este lugar por alguna razón, alguien cercano a Alicia. Eso es obvio, la pregunta es ¿por qué?".

De repente, escuchó un ruido de motorizados aproximándose por la avenida. Sus años en la Fuerza le habían enseñado que, cuando algo huele mal, nunca se sale por la puerta de entrada. Entonces, dejó un par de billetes en la mesa y caminó hacia el baño. Luego, en un salto, salió por la puerta de servicio. La Bronco estaba estacionada cerca de donde estaba sentado, lo que era un problema. Caminó, entonces, rodeando el edificio, y pudo ver un par de motoristas estacionándose al lado de ella y ubicando con la mirada el rostro de cada uno de los comensales del café. Notó que tenían sudaderas negras y tatuajes en la cara.

—Yams, obviamente —se dijo al verlos.

Uno de ellos entró a amenazar a los meseros y el otro se quedó en el estacionamiento, cubriendo la Bronco. En medio del caos, rompió la ventana disimuladamente. "Interesante. Algo buscan, algo específico", consideró el detective. Al no encontrar nada (pues tenía su mochila colgada en los hombros), se decepcionaron y uno gritó:

—Yamené Salé Cané, Sereidé Lacé (no debe estar lejos, no lo podemos dejar ir).

Luego, se subieron en las motos y doblaron la esquina rodeando el edificio hasta que se marcharon de su vista.

Alzó la mirada y vio que en frente de la plaza había dos policías que comían tranquilamente un hot dog mientras observaban el espectáculo. "Interesante", pensó. Anotó la escena en su libreta.

Tenía dos opciones: o volvía a la Bronco o se iba en taxi. A pesar de que la más seguro era la segunda, la Bronco era su compañera de batallas y no podía dejarla atrás. Lentamente, caminó hacia ella como si nada hubiera pasado. Todo el mundo lo miraba, hasta los policías de enfrente. Entonces, agarró su chaqueta y terminó de romper la ventana.

"Aire fresco, por fin. La astuta serpiente estuvo a punto de morderme. Pero ¿me continúa persiguiendo?", dudó. No había nadie detrás de él. "Es hora de ver a los Richards. Es hora de resolver este caso y largarme de aquí".

En uno de los corrientazos usuales de su mente, recordó el nombre del arquitecto de la catedral: Fernando de Castilla y León. "Dios, ¿por qué detective? ¿por qué no arquitecto, pintor, plomero o pescador?", se lamentó Bertolt.

En ese momento, si se lo hubieran ofrecido, habría intercambiado su trabajo por el de intendente de limpieza de la plaza central.

# IV

Cuando llegó donde los Richards, había una patrulla estacionada, de color negro y dorado, con la leyenda "capitán de la Policía Estatal de Santa Isabel" en la puerta.

—Pancho, no podías esperar, ¿verdad? —se dijo al verla.

Luego de apagar la Bronco, pegó el ojo a la ventana de la casa. La escena se le hizo peculiar: parecía como si el capitán estuviera regañando a los Richards.

Alicia estaba mirando por la ventana cuando notó a nuestro héroe bajarse del auto y ponerse las gafas. Bertolt la vio emocionarse y caminar hacia la puerta. También observó que Pancho estaba sorprendido.

Cuando salieron los tres, Melquiades, que estaba detrás, caminó rápidamente a saludarlo, cortándole el paso a Alicia.

—Berty, ¿cómo estás? —preguntó volteando a ver a la Bronco con la ventana rota—. ¿Qué pasó?

"Pancho, ¿en qué estado está tu alma?", se dijo para sí al verlo nervioso.

—Un accidente, ya sabes cómo maneja la gente en Santa Isabel —le explicó con calma.

"¿Buscas algo, capitán?", caviló mientras lo veía recorrer la Bronco.

—¿Estás bien? —consultó finalmente Alicia, con una voz tenue y ojos nerviosos.

Cuando volteó hacia su rostro, notó que estaba realmente sorprendida de verlo. "Alicia no sabe nada", pensó para sí.

"¿Quién más conoce del café La Catedral?".

Luciano se mantuvo en silencio.

—¿Puedo entrar? —preguntó nuestro héroe con atrevimiento.

—Sí, claro —respondió Alquímides—. Estás en tu casa, ¿verdad? —dijo mirando a Alicia.

Alicia asintió en aprobación.

Luego, caminaron hacia la sala y se sentaron.

—¿Dónde has estado, Berty? —preguntó Luciano rompiendo el silencio.

—Ocupado —respondió mirando a Alquímides.

—Nuestro viejo amigo se nos perdió en el Yamacui —contó Pancho sarcásticamente.

—¿En el Yamacui? —preguntó angustiada Alicia.

—La policía no ha encontrado nada ahí —aseguró Luciano. Sonaba derrotado.

—El que no busca no encuentra —contestó Bertolt mirando a Alquímides.

Este mantenía una sonrisa nerviosa e intensa.

"¿Incómodo, viejo amigo?", pensó Bertolt.

—Berty, tenemos nueva información —afirmó Pancho, rápidamente cambiando el tema.

Bertolt se mantuvo en silencio.

—Ya sabemos que lo de Marcelo fue un secuestro —afirmó orgulloso de sí mismo.

Bertolt se quedó mirándolo pensativo.

—¿Cómo lo sabemos, te preguntarás? —inquirió Alquímides—. Bueno. Hicieron el primer contacto —afirmó de manera informativa.

—Pensé que tenías las manos atadas, capitán —le dijo irónicamente el detective.

Todos en la habitación permanecieron en silencio. Luego, Alicia llamó a Guadalupe y le pidió unos cafés.

—¿Quién te dijo eso, detective? Como ya te había informado, nada entra ni sale en esta ciudad sin yo saberlo —afirmó defendiéndose.

—Excepto Marcelo, ¿no? —respondió nuestro héroe.

Todos miraron a Alquímides.

—Cifuentes, ¿me está acusando de algo? —Se lo escuchaba nervioso.

En ese silencio, llegó Guadalupe con los cafés y se asustó al ver a Bertolt nuevamente. Cuando él la miró, le tembló la mano y tiró su café al piso, por lo que la taza se rompió en mil pedazos.

—Guadalupe, ¿qué te pasa? Límpialo inmediatamente —ordenó Luciano.

—No pasa nada, todo bien, —expresó el detective, y luego continuó en yam, hablándole directamente a ella—. ¿Yemané Sale Pasé? (¿sorprendida?).

—Ya le limpio, señor, discúlpeme —respondió cambiando de tema y caminó hacia la cocina.

—¿Qué les pidieron los yamanahuire? —les preguntó Bertolt a los Richards.

Todos se quedaron en silencio, muy confundidos y mirándose el uno al otro.

—Bertolt, ¿a qué te refieres con los yam? —consultó Alquímides.

—¿Que les pidieron? —insistió.

Alquímides lo miró asombrado. Luego, pasó hacia la pantalla que estaba en la sala, la prendió y le puso play a un video pausado.

El video era de muy mala calidad. "Está grabado con una cámara muy antigua; intenta no dar detalles de nada", pensó mientras anotaba en su libreta. Estaba conformado por cuatro hombres vestidos de negro y con antifaces azules. En el centro, estaba Marcelo, asustado, con un revólver en su sien, empuñado por un personaje bastante obeso.

Mientras empujaba al chico con la pistola, dijo estas palabras a través de un parlante que le distorsionaba la voz:

—Como pueden ver, tenemos a Marcelo Richards. La primera condición son cien millones de dólares en efectivo. La segunda es que se larguen de Santa Isabel y no vuelvan nunca. Obedecen con la primera, le entregaremos al niño. Obedecen la segunda, y todos mantendrán la vida. Creo que soy lo suficientemente claro sobre las consecuencias si desobedecen.

Entonces, el hombre le dio una bofetada a Marcelo y concluyó con el video.

"¿Cien millones de dólares? ¿por qué no pesos? ¿'Lárguense de Santa Isabel'?", pensó y luego volteó a Alicia.

—¿Cuándo recibieron esto?

—Ayer en la noche —respondió Alquímides.

Luego, Guadalupe volvió para limpiar el piso.

—¿Han vuelto a hacer contacto? —preguntó mientras la observaba temblar mientras limpiaba.

—No —intercedió Alquímides nuevamente.

Bertolt miró a Luciano y luego, a Alicia.

—¿Alguna idea de por qué lo pidieron en dólares? —preguntó nuestro héroe.

—No sabemos nada. —Otra vez, el que respondió fue Alquímides.

—Pancho, estoy hablando con los padres de Marcelo.

El susodicho le dio un sorbo al café y lo dejó hablar.

—No tenemos idea. Es una suma exorbitante —respondió Luciano.

—Es una suma muy específica. Como si estuviera pensada para algo —dijo Bertolt pensando en voz alta.

Alicia permaneció en silencio.

—Nosotros podemos sacarla. Lo que sea por nuestro hijo —expresó Luciano con ansiedad.

—¿Cien millones de dólares? Amor, eso es imposible —dijo Alicia asustada.

—No es imposible. Solo tengo que vender mis acciones en Edén Corp.

—¿Cuánto valen tus acciones? —preguntó Bertolt.

—Bueno, gente. Vayamos al grano. Berty, hay algo que te queremos decir —afirmó Alquímides interrumpiendo y acercándose a él.

—¿Pudieron hacer rastreo? Esas cámaras, usualmente, tienen IP muy fáciles de encontrar. Así lo hacíamos en Edén Central —explicó Bertolt, interrumpiendo a Pancho.

Alquímides se mantuvo en silencio y mató el café de un sorbo.

—Berty, la razón por la que quería hablar contigo es que, bueno, ¿cómo decirlo? —dijo acariciando la taza—. Este es un caso complicado y muy, muy sensible. Ahora, con esta confirmación de secuestro, la Fuerza de Santa Isabel puede trabajar más a fondo. Los Richards quieren manejar esto como algo local, pues. Algo privado, ¿me entiendes? Estamos muy agradecidos con tu servicio, pero es hora de dejárselo a los detectives del Estado. Regresa a Edén Central, seguro ahí te necesitan. Tengo a mis mejores hombres en acción. Viejo amigo, no nos podemos dar el lujo de que te pase algo —concluyó.

Bertolt lo observaba tranquilo, tomándose el segundo café que le trajo Guadalupe. Luego, miró a Alicia y a Luciano.

—¿Esta es su decisión? —les consultó calmado.

Alicia permaneció en silencio mirando hacia abajo.

—Es lo mejor, Berty —le aseguró Luciano mientras tomaba un sobre que estaba sobre la mesa—. No queremos que nada te pase, además, a partir de ahora, son procedimientos normales. Pagamos la plata y vuelve Marcelo a casa. No queremos que nada te pase —repitió.

Bertolt tomó el sobre y lo guardó en su bolsillo.

—Entiendo. —Terminó el café de un sorbo y lo puso en la mesa.

—Un gusto haberte visto, lástima que haya sido bajo tan malas condiciones —deslizó Alquímides parándose del sofá.

Entonces, Bertolt lo miró fijamente a los ojos y se paró con él. Alicia no dijo ni una palabra.

—Antes de que te vayas, ¿por qué dijiste que eran los yams? —preguntó Luciano.

Bertolt se acomodó la camisa y lo miró.

—Llámalo una corazonada.

Alquímides guardó silencio y lo siguió hasta la puerta. Mientras salía, pudo ver a Luciano abrazando a Alicia.

—Tengo una última petición antes de irme, ¿llenaron el cuestionario? —les consultó a los Richards.

—Sí —respondió Luciano.

—¿Qué cuestionario? —preguntó Alquímides con ansiedad.

—Un protocolo que siempre hago con mis casos, son únicamente tres preguntas, ¿crees que me la pueda quedar como un referente para usar en futuros casos? —le preguntó a Pancho.

Alquímides miró a los Richards como pidiendo permiso.

—Sí, no hay problema. —Luciano se lo entregó.

—Gracias, espero verlos pronto, estoy a su servicio. Que Dios le traiga el muchacho a casa —afirmó Bertolt con una sonrisa.

Luego, Pancho y nuestro héroe salieron por la puerta de la casa.

—Tengo una pregunta para ti, capitán —dijo antes de subirse a la Bronco—. ¿Rastrearon el video?

Alquímides sonrió.

—El sabueso no puede dejar de mascar el hueso, ¿verdad? —preguntó cínicamente.

—Respóndeme, Pancho —insistió el detective.

—Sí —confirmó con renuencia.

—¿Dónde? Ellos no saben, ¿verdad? —preguntó poniendo las llaves en la Bronco.

Alquímides se volvió a reír.

—Mi viejo amigo, aún no sabes respetar los límites. Vete de Santa Isabel y no vuelvas, ya te dije que este pueblo está en mis manos. Si te veo en esta ciudad en las próximas veinticuatro horas, te arresto. Créeme, te estoy haciendo un favor —le advirtió Alquímides agarrando el borde de la ventana rota con fuerza.

—Solo respóndeme y me largo —pidió nuestro héroe mirándolo fijamente.

Mientras prendía la Ford Bronco, Alquímides le respondió.

—Calle Providencia.

Y, con una sonrisa en el rostro que hasta el día de hoy Bertolt no ha podido describir, detalló:

—Calle Providencia número 37.

A Bertolt se le aguaron los ojos. Era la primera vez en mucho tiempo que el corazón le latía de esa manera. Se le nubló la mirada y las manos le empezaron a temblar. Quería gritar, quería caerle a golpes a Alquímides, quería ir a la iglesia y orarle al Señor. "¿Qué es esto mi Dios, en qué me he metido?".

—Un gusto haberte visto de nuevo, Berty. De regreso a la realidad. Hora de escapar de nuevo —afirmó mientras movía las manos en forma de despedida.

Bertolt prendió el carro y se fue.

Mientras se marchaba, Alquímides le gritó.

—¡Y si te da tu ataque de héroe, ya tengo a veinticinco patrullas en camino a arrestarte! Tienen orden de hacerlo si te ven. No hagamos de esto un espectáculo familiar, ¿bueno?

Bertolt lo miró consternado. "¿En qué estado está tu alma, Alquímides? ¿cómo llegaste a esto?", pensó.

Mientras aceleraba para irse, le dio vueltas a todo en la cabeza. "Nada tiene sentido. Nada cuadra. ¿qué es todo esto?".

Ahí fue cuando le llegó el recuerdo de un día en que había ayudado a su tío favorito a poner el anuncio de su nuevo establecimiento. Mientras taladraban la pared, le iba contado cuánto trabajo le había costado ahorrar la cantidad para comprarlo. "Tuve que trabajar veinte años en las minas. Desde los veintitrés", le había dicho. Bertolt, de diez años, le sostenía la escalera y le preguntaba el porqué del nombre. Su tío le respondió, simplemente: "Porque sobran".

Nunca entendió a que se refería. Pero lo que veía ahora, tantos años después, le revolvía el estómago. Lo recordaba claramente:

Su tío subía con todas sus fuerzas un cartel fosforescente y amarillento, en el que se leía: "Restaurante Las Razones". Y, justo debajo, había una placa muy antigua en la que se leía: "Calle Providencia #37".

# CAPÍTULO 9

¿Quién eres, espectro?

I

El capitán Alquímides lo había hecho un fantasma, un fantasma peligroso. "Debo de admitir que la jugarreta fue perfecta. Esto dificulta las cosas un poco", consideró. Aunque las ganas de irse le eran naturales, sabía que había dado su palabra a Aquel que no juega con la suya; sabía que tenía el espíritu metido en Santa Isabel y que ningún policía de pacotilla se lo iba a sacar, por muy viejo amigo que fuera.

Las cosas se habían puesto peligrosas y tenía que manejar todo con pinzas de doctor. La ciudad se le había vuelto un estofado de sentimientos, pequeños odios y antiguos amores. Era un lugar maldito, que necesitaba de Dios como Gomorra y que, realmente, en lo más profundo de su corazón, esperaba que no tuviera ese fin.

Fue ahí cuando entró a Un Poco de Historia, la vieja tienda de antigüedades de Santa Isabel del sur. Allí, escogió un chaleco negro, unas gafas rojas, unas botas de cuero marrón y una lona de carro. Fue al baño y se cambió. Pagó todo con efectivo, pues sabía que esas cámaras de los 70 eran solo para asustar a niños traviesos. La tienda estaba a un kilómetro de la calle Providencia y, aun así, escuchaba las patrullas. Buscó un callejón escondido y puso la lona sobre la Ford Bronco:

—Regreso pronto, viejo amigo —le prometió y empezó a caminar por las entenebrecidas calles de su ciudad, a medida que la noche se acercaba.

Quería ver todo de cerca y sabía que el único lugar seguro sería el antiguo apartamento de su abuela. Entonces, cuando llegó a la calle, caminó por la paralela y empezó a trepar por los edificios hasta dar con la escalera de emergencia. Luego, subió y, con su saco en la mano, rompió la ventana. Tenía noticias de hace tiempo de que el apartamento estaba desalojado y que había caído en manos del Estado. Al entrar, notó que no tenía nada, únicamente un teléfono tirado en el piso. Cuando se acercó a la ventana, pudo ver Las Razones justo enfrente, rodeada por patrullas.

"Gordo, ¿qué hiciste?", pensó.

Ahí fue cuando vio a los pacos entrar a la fuerza y sacar a su primo, mientras lo escupían y lo insultaban. Sin embargo, él parecía calmado: "¿Cómo puedes estar tranquilo?", rumió viéndolo angustiado.

Lo agarraron y lo metieron en una patrulla. Por la calle transversal, vio el coche de Alquímides acercándose. Parecía comprobar que la operación hubiese terminado. Los vecinos curiosos se mantenían detrás de las cortinas, sin abrir ninguna puerta.

Los noticieros fueron los primeros en la locación, y empezaron a filmar justo después que llegara el capitán. El reporte fue el siguiente:

—Por medio de un trabajo policial excelso, se descubrió la mente maestra detrás del secuestro de Marcelo Richards. Su nombre es Lauredo Cifuentes, dueño del famoso restaurante de Santa Isabel del Sur "Las Razones". El paradero del joven aún no se ha revelado, pero confiamos en la excelencia de nuestra fuerza policial para que la familia Richards se encuentre con su amado hijo en poco tiempo.

## UNA LLAMADA DESPUÉS DE ORAR

El plátano ya olía a la distancia. Todo el espectáculo había durado quince minutos. Cuando terminó, se fue todo el mundo, excepto dos patrullas que escoltaban el edificio. A Bertolt le pareció raro que no dejaran a las fuerzas especiales para poner el lugar patas arriba. Pero nuestro héroe sabía que tenía que entrar y ver qué había allá dentro, pero ¿cómo?

Luego, Bertolt recordó el regalo de su amigo en el Yamacui y sacó la botella de yararé.

Bajó del apartamento por la misma puerta de servicio y se tiró hacia el callejón que estaba detrás. Por el borde del edificio, pudo ver a los patrulleros dentro de Las Razones. "Probablemente no necesite dormirlos si encuentran el licor primero", consideró. Corrió rápidamente y se escondió detrás de una de las patrullas. Después, caminó hacia el asiento del pasajero y prendió una sirena. Acto seguido, la apagó. Uno de los uniformados, nervioso, salió a ver qué pasaba. Entonces, repitió el procedimiento con la otra patrulla que estaba detrás, y se escondió, por último, detrás de ella. Cuando el paco por fin entró y se sentó en el asiento del conductor, nuestro héroe caminó hacia él y le apretó un pañuelo con yararé en las fosas nasales, lo que provocó que el policía se durmiera, después de cierto pataleo, en diez segundos. Cuando se derrumbó, lo acostó debajo del asiento trasero.

Su compañero, aún dentro de Las Razones, lo llamó por el radio y, al no escuchar respuesta, salió a buscarlo. No lo vio por ningún lado, entonces, caminó hacia la patrulla, abrió la puerta, vio a su amigo tirado y le dijo:

—No aguantas nada, Jiménez, mira que puede venir el jefe y nos lincha. ¡Paaarate, viejo! —le gritó moviéndolo con las manos.

En ese momento, Bertolt apareció por detrás y le aplicó el mismo método. El segundo cayó aún más rápido. "Perdóname Señor, pero es mejor que golpearlos o sacar la Colt", pensó para sí. Luego, cerró la puerta de la patrulla después de dejarlos uno encima del otro.

Miró a su lado y se sorprendió de que no hubiese ningún alma alrededor. Entonces, entró, por fin, a Las Razones.

## II

Sabía que tenía media hora antes de que el efecto pasara. ¿Qué estaba buscando? Ni él mismo sabía. Estaba todo tan mezclado que, dentro de sí, solo quería el respiro de saber que el Gordo era inocente para poder continuar. "Lo sé en mi corazón, pero Santa Isabel está tan corrupta que no confío en nadie", cavilaba.

Cuando entró, lo primero que notó fueron dos botellas de licor abiertas sobre la barra.

—Los pacos han estado bebiendo —dijo para sí.

Cuando inspeccionó la oficina, no encontró nada fuera de lo normal y se sentó en la silla de Lauredo. Al pararse, la silla se trabó con una lona que estaba en el piso. Palpó con la mano y sintió un bulto de diferente textura. Movió la silla y sacó la lona. El bulto era una manija proveniente de una compuerta pequeña. "Parece una cisterna antigua. ¿Qué es esto, Lauredo?". Tiró con fuerzas la manija.

Una profundidad negra se abrió ante sus ojos. Solo se veía una escalera de caracol. Bajó por ella. Cuando llegó al fondo, estaba todo obscuro. Caminó y se topó con un cordel que le golpeó el rostro. Lo jaló y las luces se prendieron.

Nunca olvidaría su reacción a lo que vio. Era como si un sabor a medicina le llenara la boca, lo que lo llevó a erizarse. Era como si todo el dolor encapsulado en su pequeña ciudad se le acumulara en el corazón e hiciera lugar para explotar.

Ahí se encontraban, con el fondo azul, las máscaras y toda la escenografía del famoso video.

—Gordo, ¿tú tienes al niño? —consideró, angustiado.

Anotó todo lo que pudo en su libreta, apagó las luces y subió rápidamente.

Sin más que decir, se sentó abrumado en la silla. "No hay nada fácil para ti, detective, ese no es tu don", pensó. Sentado en el escritorio de su primo, empezó a ver si encontraba algo interesante, algo que lo ayudara a salir de aquel laberinto interminable. Exploró los cajones, pero estaban cerrados con un mecanismo muy antiguo de números; seis, para ser exactos. Nuestro héroe intentó los clásicos de la vagancia: 123456, 012345, 654321, 000000; pero no pasaba nada. Alzó su rostro a la oficina y vio un recorte de periódico puesto en un marco, que decía: "Apertura de Las Razones, tu nuevo sitio para comerte un pescado a la isabelina", y en primera plana, la foto de Amílcar, el padre de Lauredo. Siendo Bertolt, observó directamente a la fecha, la cual recordaba con nostalgia: 01/02/1985. Nuestro héroe juntó los números en el mecanismo: 010285. Entonces, sonó un clic como confirmación de apertura.

En el cajón, encontró una colección de artículos, carpetas, y cheques. Todo parecía ser el papeleo aburrido de un restaurante. Pero algo se le hizo raro. Cuando sacó esa documentación, tocó una carpeta al fondo y se escuchó un sonido hueco. "Un falso fondo, ¿eh?". Golpeó con avidez y extrajo una carpeta blanca. En ella, se leía en letras negras: "CONSERVADURISTAS".

Sabía que no tenía mucho tiempo, así que la metió rápidamente en su mochila. Con mucha cautela, salió caminando de Las Razones para que ningún vecino sospechara. Había calculado que, si se tardaba dos minutos más, los policías, que aún dormían, lo hubieran encontrado allá adentro.

"Es cuestión de minutos para que la prensa explote la noticia de este lugar, pero ¿dónde está el niño?".

Entonces, salió corriendo de ahí en dirección a la Ford Bronco. Cuando llegó, entró y hojeó la carpeta.

—¿Qué te traes entre manos, Lauredo? —se dijo inspeccionándola.

Lo primero que vio era un recibo de $80 000 USD dirigido a un tal Security Consulting Group, radicado en Georgia, Estados Unidos. Pero detrás de ese documento, había un registro de la compañía, hecho por una tal Efigenia Santorro.

—¡Efigenia Santorro es la esposa de Alquímides! —gritó Bertolt.

En uno de los documentos, estaba la compra de una mansión en la zona más misteriosa de toda Santa Isabel por diez millones de dólares. Esto le interesó bastante. El documento unía a Lavalier con la propiedad. "Esa zona solo puede significar una cosa", pensó y anotó la dirección.

También estaba la noticia sobre una empresa llamada Flor de Lis Corp, y sus tratos turbios con el gobierno de Chiapas, en México. Frente a esa noticia, estaba el recorte de un cambio organizacional de esta empresa, que se convirtió en Lavalier Invesments. "¿Los Lavalier son mexicanos?", se preguntó el detective.

El tercer documento de importancia que rescató era una lista de un grupo llamado "conservaduristas", de más de mil personas. De estos, él conocía a un setenta por ciento, por lo menos por nombre. "Yo me crie con todos ellos. Estas son casi todas las familias de Santa Isabel del sur. ¡Qué locura es esta!", rumió.

## UNA LLAMADA DESPUÉS DE ORAR

El día ya había caído y decidió ir a buscar un motel. Encontró uno en medio de la carretera que se llamaba El Desierto.

Se registró bajo el nombre Saul Bronco y guardó todas sus cosas en la habitación. Luego, bajó a un ciber. Allí, escribió en Google: "Lavalier Invesments".

Esto lo llevó directamente al perfil de León Lavalier.

—¿Quién eres, Lavalier? —se dijo al verlo.

En el website de la empresa, encontró una pequeña biografía: padres franceses, nacido en México. Arquitecto de profesión. CEO de Lavalier Invesments. Felizmente casado, con dos hijos.

Entre las noticias más llamativas, se encontraban:

"Leon Lavalier, el inversor más green de Edén".

"Conoce al millonario de la vanguardia por la pelea de los derechos civiles: León Lavalier".

"Te presentamos al arquitecto e inversor que quiere ver una Santa Isabel más justa: el multimillonario León Lavalier".

No fue hasta que escarbó por una hora en un diario diminuto de una ciudad mexicana escondida en las montañas que dio con la noticia que había encontrado en la carpeta de Lauredo.

"Inversora multimillonaria hace negocios turbios con un político del PRI, en el estado de Chiapas, recibiendo contratos de construcciones por más de cincuenta millones de dólares".

En todas las noticias, solo pudo dar con una foto de Lavalier. Pero cuando la vio, notó que tenía diferencias grandes con los retratos de su casa. "¿Este eres tú?", se preguntó.

Estuvo un par de horas escarbando y no encontró nada más. "Gordo, así que estabas detrás de Lavalier. ¿Por qué?".

El rostro de este fantasma le estaba incomodando muchísimo. Nunca había visto a alguien tan presente y ausente a la misma vez.

Escarbando más en la carpeta, dio con una oferta hecha hacia la propiedad de Lauredo por un millón de pesos ($100 000 USD) y otras similares a los edificios de alrededor.

Muy cerca del final, estaba el documento que más le había hecho arrugar sus nudillos. Era la propiedad de su abuela. En él, había un váucher de pago en el que se leía: "Comprada a la ciudad de Santa Isabel por Lavalier Invesments".

Al final, encontró un documento legal redactado a nombre del líder de los conservaduristas, Lauredo Cifuentes vs Edén Corp/Lavalier Invesments.

"Lauredo estaba recaudando información para presentar un caso. ¿Incómodo para Luciano y Lavalier? ¿qué ganaría el Gordo con secuestrar a Marcelo?", caviló el detective.

Mientras unía las ideas en su libreta negra, la televisión del lobby llamó su atención. En letras verdes y azules, se leía: "NOTICIA DE ÚLTIMO MOMENTO". El noticiero mostraba los videos del cuarto azul y explicaba:

—La valiente policía de Santa Isabel dio con el perpetrador de este secuestro y he aquí la evidencia. Lauredo Cifuentes dice no saber el paradero del niño, pero nuestras autoridades harán hasta lo imposible para sacarle esa data. Se filtró también información sobre los posibles secuaces, entre ellos, se alega que su primo, Bertolt Cifuentes Akul, está entre los sospechosos, afirmó el capitán de la policía Alquímides Santorro. —Mientras decían esto, mostraban una foto de nuestro héroe.

"Ahora sí me la jugaste, capitán. Ahora, más que un fantasma, soy un espectro".

Borró todo el historial de búsqueda y calculó si el encargado iba a ser un problema. Lo vio dormido y dedujo que no. Entonces, subió a su habitación.

"¿Me ibas a dejar ir originalmente, Pancho? ¿o fue por los oficiales dormidos con yararé? Seguramente, por los oficiales dormidos con yararé", consideró Bertolt.

Era hora de ponerle rostro a todo aquello. Sacó de su mochila unas cien cartulinas de diez centímetros por cinco centímetros y las empezó a llenar de información, organizándolas por orden de ideas.

1. El chico se pierde en casa de los Lavalier. Nota: ¿Quién desconfiaría de ellos?

2. ¿Lauredo lo secuestra? ¿por qué lo haría? Posible motivo: extorsionar a Edén Corp para no construir en Santa Isabel. NO ME CIERRA.

3. Los yams lo secuestraron. ¿Por qué inculpan al Gordo? ¿Posibilidad?: se contrata a los yam para secuestrarlo. ¿Posible motivo?: líneas de división entre los clientes y el secuestrado. Pues, si todo sale mal, ¿de quién es la culpa?

4. ¿Edén Corp o Lavalier Invesments? (Sacó los documentos que había encontrado en casa de los Lavalier). Claro, el empuje es por parte de Lavalier a construir. ¿Luciano quiere respetar las propiedades de Lauredo, y los conservaduristas?

5. ¿Lauredo amenazó a Luciano?

Tenía demasiadas dudas. Pero mientras organizaba, sacó el cuestionario de los Richards. Las tres preguntas eran sencillas, pero tenían que llenarlas por separado:

1. ¿En qué estado emocional estabas antes de la desaparición de Marcelo?

2.   ¿En qué estado emocional estaba la familia antes de la desaparición de Marcelo?

3.   ¿En qué estado emocional estaba Marcelo antes de desaparecer?

Respuestas de Alicia:

1.   Nerviosa. Luciano estaba cargado por muchas cosas. Hablábamos poco y, cuando hablábamos, nuestra comunicación no era la mejor.

2.   Con miedo, pues habían entrado a robar a la casa.

3.   Los chicos no saben mucho de lo que pasan los padres, solo recuerdo que nos había contado que el León, (el padre de Miguel) siempre le hacía muchas preguntas sobre nosotros. Marcelo lo consideraba un tío.

Respuestas de Luciano:

1.   Con mucho trabajo. Muchos proyectos en camino. Poco tiempo. Presiones de todos lados. Tratando de hacer lo correcto.

2.   Creo que estábamos bien. Poca charla entre yo y Alicia por todo el trabajo.

3.   Marcelo estaba feliz de haber conocido a Miguel, su nuevo mejor amigo. Le había costado demasiado hacer alguna relación valiosa. El chico es muy tímido, y realmente, nunca nos contaba nada.

"¿Había poca comunicación? ¿Por qué no me dijeron lo del robo de la casa? Por eso estaban en casa de los padres de Alicia. ¿Qué se robaron?", se preguntó mirando todos los documentos. Luego, observó los planos para la calle Providencia. En una pequeña tira nominal, decía: "Propiedad confidencial de Edén Corp".

"¿Lavalier se robó los planos de Edén Corp? Claro. Con estos planos, con Luciano y Lauredo fuera, ¿quién le iba a impedir construir en la ciudad más corrupta del país?", razonó.

—¿Quién eres, Leon Lavalier? ¿quién eres, espectro? —se dijo mirando los diez papeles esparcidos en el piso.

"Ya tengo casi todo. Pero estoy en un cuarto solitario, como prófugo de la justicia, y, a su vez, el único que puede resolver este caso. Esas son categorías inversamente proporcionales. Si Pancho me agarra, Lauredo y yo vamos presos toda la vida, y digamos que los derechos humanos en Santa Isabel no son una prioridad. También se llevaría a cabo el intercambio, los Richards se irían de Santa Isabel, y Leon Lavalier entraría campante a la ciudad, como gran filántropo e inversionista. Qué belleza de plan se armaron. Tres pájaros de un tiro", analizó el detective. "Pero, ¿están en España? ¿esperando para venir cuando esto termine? No me cierra".

Con todo ese torrente de información y con un sabor a sangre en la boca, decidió ponerse a orar.

—Señor, limpia mi cabeza y tráeme una respuesta. Yo sé que estoy cerca, mi Rey, muy cerca. Pero mientras más cerca estoy del cómo, más lejos estoy del quién y aún más del por qué. Acércame a Leon Lavalier. Si me llevas a él, encontraré a Marcelo.

# CAPÍTULO 10

## Una llamada después de orar

### I

La llamada llegó a las 9:00 p. m. Las vibraciones apocalípticas del teléfono habían interrumpido su oración. No quería que eso se volviera una costumbre, entonces, contestó rápidamente.

—Aló —saludó incómodo.

—Detective, al fin nos conocemos —dijo la otra persona con una voz que le hizo sudar frío.

—¿Quién habla?

—Tú sabes quién soy.

—¿Quién eres? —insistió nuestro héroe.

—Mi nombre es Leon Lavalier, mucho gusto —respondió con tranquilidad.

Ese nombre se le metió en el alma y le destruyó todo grado de certeza que tenía sobre aquel caso. Era un nombre frío, sin rostro, pero el más incómodo de su vida. "¿Quién eres, espectro? ¿y cómo me encontraste?". Bertolt mantuvo silencio del otro lado.

Por primera vez en su vida, no sabía qué decir.

—Bertolt, amigo, ¿no tienes nada que decirme? —preguntó Lavalier del otro lado—. Bueno, creo que me toca romper el hielo. Mientras hablamos, está toda la policía de Santa Isabel rumbo hacia tu dirección. Sé que nos veremos muy pronto. No te sientas mal, ese motel fue muy difícil de encontrar. Me tomó como quince minutos, una vez que escribiste mi nombre en Google. Tengo que decir que estuviste muy cerca, más cerca de lo que nadie ha estado desde aquel evento desafortunado en Chiapas. ¡Bah! No me hagas recordarlo. Los chismosos están bajo tierra, o ¿en el infierno? Me dijeron que eres muy creyente. Bueno. Buena suerte, mi amigo, y que tu Dios te cuide. Adiós.

Nuestro héroe colgó la llamada. Con urgencia, organizó sus tarjetas, agarró las carpetas y metió todo en su mochila. Luego, salió de su habitación verificando que no hubiera nadie alrededor. Bajó las escaleras corriendo con todas sus fuerzas. Cuando llegó al estacionamiento, escuchó al ejército de patrullas manejando hacia él. Entonces, prendió la Ford Bronco azul de los 90 y apretó con todo el acelerador.

—Viejo amigo, no me falles ahora —le dijo, como si fueran palabras de aliento, y tomó la autopista.

Estaba en automático. Su cerebro iba y venía entre la evidencia como un resorte descompuesto. Varios cabos se habían cerrado, mientras que otros se habían abierto nuevamente.

Por el retrovisor, pudo ver el mar de patrullas detrás de él y se metió por un callejón. Le salió una carcajada al verse en aquella situación.

Para su queja y volviendo a lo que es común en él, el caso del sacerdote le apareció como una cascada en su mente. Tres de las patrullas lo siguieron, otras dieron la vuelta a la esquina para interceptarlo.

—Nadie conoce estas calles como yo —expresó orgullosamente y los burló doblando a la derecha, hacia un callejón más pequeño al final del camino.

Retomó la avenida sin problemas y se escondió en uno de los tantos bosques de Santa Isabel. Cubrió la Ford Bronco con la lona y se subió la chaqueta hasta el cuello.

El brazo le había empezado a doler de nuevo y le dio un sorbo al último yararé que le quedaba. El dolor se le fue instantáneamente.

Se puso una gorra y caminó en dirección hacia el único lugar donde nadie, ni el fantasma más intrusivo, lo iba a buscar.

## II

Cuando llegó al apartamento de su abuela, tiró la mochila en el piso y observó que habían cambiado a los oficiales que resguardaban Las Razones.

Se sentó en un tanque de pintura vacía, que estaba en la cocina, y sacó su libreta negra. Por primera vez en su vida, se enfrentaba a alguien más inteligente que él.

Tenía el porqué. El quién le había tocado la puerta, pero el cómo le había explotado en la cara como una bomba de Napalm.

—Obviamente, Lavalier tiene a Marcelo, los yam lo secuestraron e inculparon a Lauredo. Además, me ha estado siguiendo. Lo más probable es que haya sido él mismo. Él mismo, él mismo, él mismo. ¡Bah! Lo tenía en mis narices todo este tiempo. Maldita serpiente. Maldita serpiente. Me mordió y me mordió hasta el hueso. Bien hecho, espectro, bien hecho —se decía.

"¿Cuál es el plan de acción?", caviló. "Si me acerco a los Richards y les cuento, no me van a creer y lo más probable es que me arresten. Tengo que revelar a Lavalier lo antes posible. Pero ¿por dónde empiezo? Pancho tiene al Gordo, sometido a torturas, seguro, lo que lo llevó a decir mi nombre. Aunque, posiblemente, ni eso habrá hecho falta. Pancho, ¿qué pasó contigo?".

No pudo evitar sentir una soledad atómica sobre su vida. "Por todos lados, hay fuego y por todos lados, me voy a quemar. No puedo cometer ningún error. Hay mucho en juego".

Para descansar la mente, se puso a explorar el antiguo apartamento de su abuela. Tenía tantos recuerdos allí que le dolía revivirlos.

Recordaba aquellas clases de piano que habían sido, en pocas palabras, lo que lo había mantenido fuera de las calles. Recordaba la sabiduría de su vieja, que, por medio de una Biblia arrugada, antigua y golpeada, le había ayudado a sanar la tragedia de su infancia.

Mientras caminaba esas paredes descascaradas por el tiempo, recordó el primer día que llegó para quedarse, al menos, hasta su huida. Así se lo había comentado a su pastor en Edén Central.

—Como sabes, la guerra civil había durado dos años —le contó aquella vez—. Al final, los liberales llamaron a elecciones y las ganaron con apoyo de Estados Unidos. Lo que significaba que los comunistas habían perdido la guerra, pero también, la democracia cristiana. Mi padre y mi madre pelearon con todo lo que tenían para imponer el comunismo en Edén. Eran guerrilleros marxistas.

El dolor de la derrota les había destruido el alma y nunca pudieron recuperarse ni acoplarse al estado natural de las cosas. Por ello, mi hermano Ernesto y yo tuvimos que crecer extremadamente rápido y ocuparnos, básicamente, de nosotros mismos. A Ernesto le pegó más duro que a mí. Yo era más chico. A él, simplemente, no le quedó más que odiarlos. Era muy joven.

Pero en esa tarde fatal, yo estaba jugando con Lauredo y Pancho al fútbol y veo a mi abuela doblando la esquina, caminando hacia nosotros. Me agarra, me separa de ellos y me dice: "Ernesto tuvo un accidente. Lo llevaron al hospital y perdió la vida". Pastor, ¿cómo reacciona uno a eso? Solo me tiré a llorar y a acosarla con preguntas, de las cuales no obtuve ninguna respuesta. Naturalmente, me llevó a casa de mis padres.

El ambiente era de silencio. Mi madre, encerrada en un cuarto; mi padre, en otro. Y yo, tirado en el que compartía con mi hermano, viendo todas sus libretas de dibujo, preguntándole: "¿Por qué me dejaste, Neto?".

Dos días después, mi madre tomó sus pertenencias, me dio un beso en la mejilla y salió por la puerta. "Ya no puedo más con esto" fue lo último que me dijo.

Tenía un ojo morado.

Mi padre, por su parte, no protestó, sino que se ahogó en vino. Un día, en un destello de sobriedad, me llevó hacia la casa de mi abuela y, vagamente, recuerdo que le dijo: "Ocúpate de Bertolt, yo ya no puedo". Por diez años, me cuidó la vieja, mientras mis padres se perdían en el mundo, de maneras separadas, apoyando causas socialistas en América Latina. Se fueron a Argentina por un tiempo, luego Colombia, Perú y, por último, Chiapas.

Intenté contactarlos una vez, pero nadie me quería dar el número.

Hace dos años me enteré de su muerte. Primero, mi padre, en Chiapas y después, mi madre, en Bolivia. Nunca volvieron a Edén.

## III

"¿Quién es Leon Lavalier?". A medida que su cabeza se incendiaba con esa pregunta, le daba vueltas al apartamento. Cuando entró en la antigua habitación de su abuela, no pudo evitar emocionarse.

A pesar de estar vacía, se le acumulaban los recuerdos de cómo se veía mientras vivía: la cama victoriana en la esquina, la mesa de noche al lado, un mueble con muñecas de porcelana y un cuadro del Señor Jesucristo enfrente, justo al lado estaba el clóset, que su abuela mantenía organizado como si fuera un hotel. Cuando pasó al lado de él, intentó abrirlo. Haciendo fuerza, se dio cuenta de que estaba trabado y empujó con su brazo bueno. Al abrirse finalmente, muchas cajas cayeron al piso, entre sonidos de cristales rotos y metales rebotando.

Le dio dolor en el corazón ver todo aquello. Cuando su abuela murió, no pudo almacenar todas sus pertenencias y le dijo a la ciudad que las cuidara hasta que pudiera ir por ellas. Igual creía que Lauredo se había encargado de lo más importante, y pensaba que, después de tantos años, ya se habría desecho de todo lo que sobraba. Sin embargo, ahí estaban. Exploró cada caja a detalle y encontró vasos, platos, cubiertos, antiguos libros de cocina y diez libretas escolares. Al llegar a ellas, notó que estaban escritas a mano, desde la primera página hasta la última. Era indudablemente la letra de su vieja.

Las puso en orden, y vio que era un diario escrito por su abuela, desde inicios de la guerra civil hasta su última semana de vida.

"Vieja, ¿escribiste un día antes de morir?", se preguntó aguantando las lágrimas.

La última fecha era del 8 de mayo, un día antes de su repentina muerte. La abrió y se sentó en el piso a leer. "¿Por qué no sabía que esto estaba aquí? ¿por qué nadie me dijo?".

## UNA LLAMADA DESPUÉS DE ORAR

*10 de abril*

*Terminé de hablar con Berty por teléfono. Me dijo que le iba bien, pero que no podía prolongarse mucho. Que estaba ocupado, con un caso de un tal Lumpias. Le recomendé una receta para una carne con verduras, le insistí que no se olvidara de orar y se despidió poco después.*

*Salí a buscar el correo y encontré otra oferta para vender el apartamento. Berty no lo quiere. No lo culpo. No sé qué hacer. La tiré a la basura junto a las otras y me puse a hacer un té.*

*17 de abril*

*Me llegó otra oferta por carta. Esta vez, es más plata. ¿Qué voy a hacer con el dinero? Dios, ayúdame con esto. El otro día, volví a tocar el tema con Berty, pero me dijo que no estaba interesado, que no quería tener ninguna relación "con esa ciudad maldita". Él insistió nuevamente en moverme para Edén Central. Pero decliné. "Estoy muy vieja", le dije. "No nací en Santa Isabel, pero me muero aquí. Es lo que Dios quiere". Luego, me preguntó si quería alguna enfermera, y casi le cuelgo. Ningún Cifuentes necesitó enfermeros nunca. "Dios nos da fuerza hasta que nos lleve", le dije. "Terquedad española" lo llamó. Yo le respondí con un "obvio, tío".*

*8 de mayo*

*Hoy me pasó algo curioso.*

*Mientras regaba las plantas, me tocaron la puerta. Cuando abrí, era un joven apuesto, de ojos verdes, relativamente alto. También tenía una de esas barbas que se usan hoy en día, como de los 60. Traía consigo una bolsa de regalos. Me dijo que era un representante de la compañía que me había estado mandando cartas y que quería hablar conmigo en persona. También me dijo que estaba muy interesado en mi apartamento y que le pidiera lo que sea por él. Muy amable el muchacho. Muy buenos modales. Me pareció hasta conocido. Pero a esta edad, todo el mundo te parece conocido. Le pregunté si era cristiano. Me dijo que no. Eso me decepcionó un poco, pero aun así lo bendije. ¡Era muy amable! Lamentablemente, no estaba interesada en vender, pero le mencioné que apreciaba que se tomara su tiempo para venir a verme. También le conté de Berty. Él lo tomó bien y me dejó un regalo de dulces españoles. Eran panetes de Jaén, borrachuelos malagueños y papajotes. ¡Dulces de mi infancia! Le di las gracias, y caminó hacia la puerta. Cuando le pregunté su nombre, me dijo: Noel Reilaval, director de Lavalier Invesments. Una hora después, le pregunté a Dolores, la mexicana, si la habían visitado también. Ella dijo que hacía una semana había ido un joven con dulces mexicanos. Ella se había negado también. Cuando se fue, me confesó que le dio un poco de miedo y tomó el número de la placa del carro. Es una loca esa mexicana.*

*Los dulces están deliciosos... Ojalá Berty estuviera aquí para probarlos...*

Lentamente, cerró la libreta y confirmó que era la última nota de su abuela. Cuando leyó esa última frase, empezaron a correr las lágrimas sobre el rostro y tuvo que sacar su pañuelo. "¿Señor, por qué tanto dolor para mi vieja? Perdóname por cuestionarte. ¿Por qué a los buenos les pasa esto?". En seguida, le vino la respuesta como un torrente del espíritu. "Claro. Porque hay personas como Leon Lavalier".

"Tenemos que dar con él, mi Dios, hay que encerrarlo para siempre", pensó.

A medida que se le caían las lágrimas, escribió en su libreta negra:

NOEL REILAVAL = LEON LAVALIER

## IV

Del dolor nace el mover, y del mover, la convicción.

Sabía lo que tenía que hacer, entonces, agarró todas sus pertenencias y las guardó en la mochila, junto con las libretas de su abuela y un plato de recuerdo.

"Si esto sale mal, te veré pronto, viejita. Si sale bien, tenme paciencia y ora por mí".

Salió por la escalera de servicio y volvió a trepar para entrar en el pasillo del edificio. Ya no quedaban muchas personas viviendo en él, entonces, el plan dependía de que los mexicanos fueran tan confiables y leales como los guardaba en su mente.

Su abuela le había comentado sobre Dolores en una llamada, hacía muchos años. Recordaba algo como "vive a un par de apartamentos de acá". Corría el riesgo de que lo reconocieran. Pero si no arriesgaba, no ganaba. Probó su suerte en el apartamento, el de la derecha y no el de la izquierda.

"Señor, please..."

Entonces, tocó tres veces y nada. Dio una vuelta por el pasillo y fue al apartamento de la izquierda. Antes de tocar, vio una nota de venta con un cartel que decía "Propiedad de Lavalier Invesments".

Insistió en el primero. Tocó tres veces y, esta vez, salió una señora como de cincuenta años, regordeta, con una playera negra de Guess y unas chanclas rosadas.

—¿Sí? —le dijo con acento mexicano.

—Disculpe la molestia. Bendiciones. ¿Aquí vive Dolores? —preguntó nuestro héroe observando el apartamento de una manera bastante acelerada.

—Sí. Es mi mamá. ¿Qué se le ofrece? —La mujer lo miraba de arriba abajo con sospecha.

—Yo soy el nieto de Rigoberta Cifuentes, amiga de su madre —afirmó.

—¿Eres nieto de la española? –preguntó la hija.

—¿Berty? —interrumpió Dolores, que ahora caminaba hacia la puerta—. No puedo creerlo, mijo. Tu abuela no dejaba de hablar de ti. Al fin te conozco, pasa, pasa —pidió la anciana.

Lo hicieron sentarse en un sofá que daba a la televisión. Por su reacción, dedujo que no habían visto la noticia de que toda la policía de la ciudad estaba tras sus pasos.

—¿Qué te trae por aquí, mijo? Tu abuela me dijo que no querías volver.

—Vengo a preguntarle por algo que pasó hace como diez años —le contó nuestro héroe.

—Dime, Berty, ¿en qué te puedo ayudar? ¡Ay cómo extrañamos a la española, tenía los mejores chistes del edificio! Aunque muy cristiana mi amiga, la verdad —dijo la vieja riéndose.

—Hace como diez años, vino un hombre a pedirle que venda su apartamento. ¿Lo recuerda? —le preguntó bastante serio.

Dolores se quedó pensando.

—Me vas a disculpar la memoria, Berty, pero lo recuerdo muy vagamente —le respondió.

—Ma, el joven raro, el de la placa, ¿no es ese? —preguntó la hija.

—Oh, sí, ya me acuerdo. Un tipo muy desagradable. Tu abuela me dijo todo lo contrario, pero a mí me dio una mala espina tremenda. Hasta le tuve que anotar la placa, del miedo que me dio —confesó la anciana.

—Justo por eso vengo. Esto va a sonar raro, pero necesito saber ese número de placa. Dígame que Dios es bueno y lo tiene por ahí —solicitó nuestro héroe.

—Mmm… ay, no sé, Berty, fue hace muchos años. Déjame reviso la agenda de teléfono, que la tengo en un cajón por ahí —afirmó Dolores y caminó hacia una habitación.

—Mientras, ¿quieres algo de tomar? ¿un café o un refresco? —preguntó la hija.

—Un cafecito viene muy bien, muchas gracias —le respondió evidentemente nervioso, mientras miraba la televisión

La hija se paró y se dirigió a la cocina.

—¿Qué ha sido de ti, Berty? —preguntó Dolores desde un cuarto.

—Todo bien, gracias a Dios, arreglando algunas cosas pendientes de mi abuela —afirmó.

Pronto, llegó la hija con una taza y se la dio, para luego sentarse a su lado en el sofá. De repente, la novela que tenían puesta cambió a un ciclo informativo.

"Señor, no ahora, no ahora…", pensó calculando todas sus posibilidades.

—Cortamos la transmisión habitual para ponerlos al tanto de la desaparición de Marcelo Richards.

Bertolt miró a la hija de Dolores, que estaba hipnotizada viendo la tele mientras se tomaba el café.

—¿Escuchas, mami? —preguntó a la anciana.

—Súbele un poco si puedes, mija. Ay, que no encuentro nada en esta casa —afirmó Dolores, entre ruidos de plásticos y cajones.

Entonces, la hija agarró el control remoto y le subió el volumen.

—¿Ahora, ma? —preguntó gritando, con lo que escupió un poco a nuestro héroe.

Bertolt se tomó el café de un sorbo. "Apúrate Dolores, apúrate".

—Miguel lleva desaparecido dos semanas, y la policía, en un acto de valentía ejemplar, capturó al principal sospechoso: Lauredo Cifuentes. Este está siendo interrogado con severidad por las autoridades del orden de Santa Isabel. Queremos dar un agradecimiento especial al liderazgo del capitán Alquímides, que, con su red de inteligencia, logró ubicar y comunicar el lugar desde donde este delincuente hizo el video a la familia Richards en el que se les pedía dinero por su hijo.

—Dios mío, qué historia tan terrible —afirmó la hija de Dolores.

Bertolt asintió y pensó: "No mencionan nada de la segunda parte de la petición, interesante. Apúrate, Dolores, ya casi aparece mi nombre".

—El paradero del niño todavía es incierto. Pero nos llegó noticia de un segundo video de parte de los secuestradores. Es increíble lo que el criminal Lauredo y su equipo de sanguijuelas puede hacer por dinero.

"¿Hicieron un segundo video? Claro que sí. Están vistiendo la historia. No tengo mucho tiempo. Si esto sigue así, la opinión pública hará tanta presión que torturarán a Lauredo hasta matarlo por la información. Y bueno, yo soy el siguiente".

## UNA LLAMADA DESPUÉS DE ORAR

—Hay otros sospechosos —dijo secamente el reportero.

Dolores, que había empezado a caminar hacia la sala, se quedó en medio camino, con una agenda en la mano, mirando la televisión.

—Dime que lo encontraste, Dolores —inquirió Bertolt en voz alta.

—Aquí, mijo, esta es la placa: 97AKL —dictó la anciana con los ojos en la tele.

—Muchas gracias. No tengo mucho tiempo. Dios las bendiga —afirmó nuestro héroe, le dio la taza de café a su hija y salió por la puerta.

Caminó por el pasillo hasta las escaleras de servicio. Luego, con un dolor terrible, las bajó, mientras escuchaba la televisión del apartamento del que había escapado:

—Uno de ellos es Bertolt Cifuentes Akul. Cualquier información, llámenos al 01-900.

## V

Se había quedado sin lugares a los que huir.

Sabía que su vida podía resumirse con esas palabras. Que, a pesar de sus años con la policía, el sentimiento de escape nunca lo abandonó, y estuvo a punto, muchas veces, de mudarse a México o a Estados Unidos. Pero también entendía que no podía escapar de su pasado, porque no es un lugar, si no su misma sangre y sus mismos huesos; su alma estaba entremezclada con esta ciudad y lo que pasó en ella hacía ya tantos años. Había huido, pero nunca se había sentido tan cerca. No pasaba un día sin pensar en Santa Isabel y tenía que admitirlo. Ahora, su cuerpo estaba en el mismo lugar de su mente. Esta ciudad era parte de él y de lo que él era. Sabía que el poco tiempo que había pasado en ella le había confirmado lo más terrible: amaba su ciudad, a pesar de las tinieblas.

Sí, definitivamente. No había lugar a donde huir. Pero sí había un último lugar para morir. Sabía que hasta esos extremos había llegado. Todo lo había llevado hasta este momento, el de tomar una decisión, típica de su espíritu de joven escapista, común por su fe desmedida en sus corazonadas, como aquella aventura en las cloacas de Edén Central, o su desarraigo de la ciudad que lo vio nacer.

—Son este tipo de decisiones las que marcan la vida de un hombre. Dios, guárdame de mis locuras y guía mis pasos —dijo y bajó por los callejones del edificio hasta un teléfono público.

Marcó el número sin dudar. Este era el último jalón. Este era el último baile.

—Sargento Salcedo, le habla el Sargento Lagartija —afirmó Bertolt jocosamente.

—Cifuentes, ¿cómo estás? —respondió Salcedo.

—Para estas alturas, ya habrás escuchado las noticias.

—Me cuesta mucho creerlo, Bertolt —replicó Salcedo.

—Eso les pasa a los hombres buenos con la mentira. Sé que no estoy en la mejor posición de pedirte nada. Pero necesito cobrarte esa que me debes. Y otra más que me dejará en deuda.

—¿Qué necesitas? —preguntó Salcedo después de un silencio prolongado.

—97AKL. Necesito que pongas esta placa en el sistema y me des la última dirección registrada.

—Cifuentes, ¿sabes que te van a arrestar? —preguntó el sargento.

—Estos dos favores, amigo. Por los viejos tiempos —solicitó el detective en apuros.

—Mmm... —protestó Salcedo—. Dame unos minutos.

"Varias cosas podían estar pasando. Entre ellas, que Salcedo estuviera reportando la llamada a sus inferiores en Santa Isabel mientras rastrea el teléfono. De esa forma, estaría entregando a Bertolt en bandeja de plata a su antiguo compañero de patrulla y poniendo a Melquíades en deuda", caviló, pero Salcedo le interrumpió el pensamiento.

—Calle San Lorenzo y Flores, número 6 —le dijo fríamente.

—Gracias, Salcedo.

—¿Cuál es el otro favor?

—Si no te llamo exactamente en una hora, manda a la policía federal a esa dirección. Estoy seguro de que ahí van a encontrar a Marcelo Richards —le pidió y continuó—: ¿Salcedo?

—¿Sí? —preguntó este, confundido.

—Dios es bueno, amigo, Dios es bueno —aseguró exaltado y colgó.

Luego, caminó cincuenta metros a la parada y levantó su pulgar. El bus no tardó en llegar.

# VI

Cuando abrió la carpeta de Lauredo, comparó las direcciones. Efectivamente, era la misma. Esa era la propiedad que Lavalier se compró en San Lorenzo.

Sabía lo que significaba eso, pero, aun así, le pidió al conductor que lo dejara ahí.

—Esta es la hora de la verdad. ¡Este es el día que hizo el Señor! —se dijo para motivarse.

"Si Dios me ayuda, en cuarenta y cinco minutos llegará la policía federal para arrestar a Leon Lavalier y encontrar, en alguna habitación secreta, a Marcelo Richards. Si todo sale mal, Lavalier me matará o, peor aún, me entregará a Alquímides, con lo que cerrará un complot perfecto", pensaba Bertolt. Entonces, nuestro héroe sería la cereza del pastel.

Subió dos lomas y dio con la mansión. Estaba ubicada en la cima de la montaña. Vio las luces prendidas y dedujo que había gente. Cuando llegó a la entrada del portón, se paró enfrente de la cámara y exclamó: "Quiero ver a Noel Reilaval".

La cámara se movió un poco tratando de ubicarlo.

Diez segundos después, aparecieron dos yamanahuire, con AR-15 colgadas en los hombro para abrirle la puerta.

El suspiro fue legendario.

Había tirado los dados, había arriesgado todo. Pero cuando vio a los indios, entendió que todo cuadraba, que su mente, una vez más, había acertado y que su Dios había salido a defenderlo.

—Yamané Selá León Lavalier (quiero hablar con León Lavalier) —les dijo nuestro héroe a los indios.

—Yesalé Yaré Salá Lenmá Lenmé Lavalier (dales gracias a los dioses porque él también quiere hablar contigo) —respondió el más grande de ellos y lo empujó por los hombros hacia adentro de la casa.

San Lorenzo era un barrio histórico de la ciudad de Santa Isabel del norte. Antiguamente, un lugar donde estaba el hogar de retiro de la capitanía general de Edén, ciertas fincas de grandes terratenientes y una que otra mansión de aristócratas españoles. Durante la guerra civil, pasó a ser el cuartel de los comunistas y, cuando vino la democracia, fue comprado, en su totalidad, por todo el narco mexicano. San Lorenzo se conoce en la cultura popular de Santa Isabel como "calle del polvo".

Cuando lo metieron en la entrada de la casa, notó que la arquitectura era muy interesante. La casa estaba formada por cuatro rectángulos que confluían en varios puntos, los espacios habitables. Todas las paredes estaban pintadas de negro y blanco, la entrada tenía un lago y una obra de arte que se extendía por todo el driveway. Era un jardín laminado completamente, hecho de piezas de metal, con flores cuadradas y rectangulares, con ejes, tuercas y tornillos también cuadrados. No pudo ubicar ningún color.

En el estacionamiento, observó tres motos Ducati, tres Harley Davidson (muy parecidas a la de la embestida del café La Catedral) y dos Mercedes Benz. Cuando lo metieron en la casa, pudo ver escondido, detrás de un garaje rectangular, una Suburban negra.

La casa estaba revestida de azulejos blancos y negros en forma de ajedrez. Los pisos eran de lacarnek y estaban pintados de negro. Pudo notar una biblioteca enorme que se desprendía de la sala y seguía por toda la casa. En las paredes, enmarcados como obras de arte, había varios planos arquitectónicos. A la velocidad que lo estaban llevando, no le dio tiempo de ver los detalles.

Lo pasaron por una sala donde había seis yamanahuires parados, perfectamente alineados, protegiendo una puerta. Uno le provocó un interés muy particular debido a la posición de su pie derecho. Cuando lo metieron por ella, notó que estaba en un laberinto negro y brillante. El pasadizo estaba revestido de espejos y de cristales. Cuando llegaron al final, lo tiraron en una habitación, salieron y cerraron la puerta detrás de ellos.

La oficina estaba igual decorada con alternaciones del blanco y el negro. El escritorio y las sillas estaban decoradas de ónix y cuero negro, que, por lo que pudo ver, era de búfalo.

Se paró y empezó a caminar poco a poco. El brazo le empezó a doler, entonces, se sentó en un sofá rectangular de cuero negro que estaba incrustado en la pared, justo enfrente del escritorio.

—Berty, ¿cómo estás? —Lavalier era como una voz del infierno que salía detrás de él.

Nuestro héroe se volteó y lo observó con la mirada más profunda que le dio a alguien jamás.

"Ok. Traje negro de tres piezas, camisa blanca, rostro bastante diferente al que recuerdo en las fotos. Zapatos de piel negra, probablemente Balenciaga, un anillo negro, cuadrado y unos lentes Tom Ford, rectangulares".

—Bien, gracias a Dios —afirmó nuestro héroe acomodándose en el sofá.

Lavalier caminó por detrás de él mientras se reía. Luego, se sentó en el escritorio y lo empezó a ver.

—Te ves un poco cansado, detective —aseguró.

—Tengo una energía que no te puedes imaginar —respondió Bertolt sin pensarlo. Aún lo miraba fríamente.

—¿Te han dicho que tienes los ojos de tu abuela? —preguntó nuestro enemigo con una sonrisa en el rostro.

El sonido de su voz lo hizo temblar. Había algo extremadamente antiguo en ella que la maquinaria de su cabeza no logró identificar.

—Tengo muchas cosas de mi abuela —le respondió.

—Tu asquerosa religión, por ejemplo —dijo Lavalier secamente, quitándose los lentes y jugando con ellos.

Nuestro héroe mantuvo silencio. Hacía muchos años había aprendido a controlar sus emociones. Pero ese primer encuentro con León Lavalier le había exigido llevar todo al extremo: su fe, su paciencia y su dominio propio.

—Nunca he entendido la religión —continuó Lavalier—, se me hace una simple excusa para débiles —afirmó y lo miro a los ojos. Luego, siguió—. Y el cristianismo, aún más.

—Suena a que creíste alguna vez —dijo nuestro héroe.

Eso lo exaltó un poco. Pronto, volvió en sí y sonrió.

—Cuando era niño. Después, se me hizo un estorbo. Algo extremadamente incómodo —aseguró asqueado.

—¿Por eso mataste a mi abuela? ¿por su fe? —preguntó Bertolt.

Lavalier se rio y asintió vagamente.

—Me da gusto conocerte, Lavalier, o te puedo decir ¿Reilaval? Por lo menos, ya sé que no eres un espíritu del infierno —expresó nuestro héroe aguantando la ira.

—¿Estás seguro? —dijo riéndose y siguió—. Como gustes, mi querido detective, ¿qué es un nombre, de todas maneras?

—Estoy convencido de que no eres un espíritu. La segunda parte aún está en duda —respondió Bertolt siguiéndole el ritmo.

—Bueno, detective, supongo que tu valentía al mostrarme tu rostro significa que revelaste el misterio. ¿O me equivoco? —dijo Lavalier eufórico, riéndose sin parar.

Nuestro héroe permaneció en silencio. Pensaba en sus padres. Luego, le hizo una pregunta.

—¿Por qué no me mataste cuando tuviste la oportunidad?

—Porque la muerte solo te daría paz y, como puedes ver, yo no soy un agente de paz —respondió sin pestañear y continuó eufórico—. Pero, a ver, cuéntame, detective, ¿cómo descifraste el gran misterio de la desaparición de Marcelo Richards? Me muero de curiosidad —dijo emocionado.

Nuestro héroe suspiró y se tocó el brazo. Agarró fuerzas, se paró del sofá y empezó a caminar por la oficina.

—Realmente pensaba que habían sido los yams. Era clásico. Yo mismo he lidiado con ellos en Edén Central. Cerraba. Raptaron a un niño rico para pedir rescate. Sencillo, ¿verdad? Pero cuando me adentré en el Yamacui, me di cuenta de que habían orquestado un secuestro. Es brillante, pues Marcelo nunca tocó el Yamacui. Quienes sí lo tocaron fueron dos de tus yams. Uno de ellos, por cierto, protege la puerta, acá afuera. El del pie virado cuarenta y cinco grados hacia el otro. El mismo que, casualmente, salió al lado del supuesto Lauredo en el video del secuestro. Entonces, obviamente habían sido los yams, pero ¿por qué se inculparían a ellos mismos? No tenía sentido. Sin embargo, por eso los contrataste. ¡Tres líneas de separación! ¡brillante, Lavalier! Contratas a los yams para secuestrar a Marcelo y culpar a Lauredo. En caso de que, por alguna cuestión de Dios, lo de Lauredo se detuviera por el ruido de los conservaduristas, podías lavarte las manos con los yams, si, de todas maneras, son conocidos por eso. Un dolor de cabeza el Gordo, ¿verdad? Con sus investigaciones y su grupito anclándose al pasado, mientras tú, el futuro, la innovación y ¡el progreso! querías entrar reinante en Santa Isabel. Es la tradición lo que odias, ¿verdad, mi amigo? Por eso mataste a mi abuela, y por eso quieres tirar abajo esta ciudad, como tiraste abajo parte de Chiapas: para levantarla de nuevo. Lo que más deseas es una ciudad moderna, alejada de cualquier retazo de antigüedad. Pero, como en cada historia, ¡había un buen hombre en el medio, atravesado en tu camino! Un hombre odiado por todos, pero un buen hombre: Luciano Richards. ¡Ah! Él también te estaba haciendo la vida imposible. ¿Qué pasa cuando alguien se para sobre sus pies y, desde la integridad, dice "no"? Bueno, tú vas al alma, hasta destruir cualquier retazo de luz que le quede. Eso es lo que te gusta, ¿verdad? Tú sabías que la vida de los Richards había sido dura, tenías intel, al respecto; sabías que el cáncer les había hecho perder a una hija. Entonces, pensaste: "No puedo sobornarlo, no puedo sacarlo, pero ¿qué es lo único que vale más que el oro para Luciano Richards? Marcelo. Sabías también que era un niño tímido, introvertido, entonces, manufacturaste una familia, contigo a la cabeza. ¿Qué lograbas con esto? Sencillo. Uno, acercarte a los Richards, saber cómo pensaba Luciano y por qué rayos no quería ceder en la construcción de Santa Isabel. Dos, que Marcelo se hiciera mejor amigo de tu supuesto hijo, Miguel, y tres, ¡porque todo esto te divierte! Entonces, se mudaron a esa casa, recién remodelada, todavía con marcas de pintura en las paredes. Un trabajo muy mal hecho. Me imagino que el pintor pagó las consecuencias y hoy habita en alguna tumba hueca por ahí. Como también los matones que mandaste detrás de mí al café. Alguien desobedeció órdenes, ¿no? Tú me querías vivo y ellos, muerto. Era algo sencillo: extraer mi libreta y dejarme en blanco. Supongo que es la consecuencia de confiar en una tribu asesina. Pero bueno, esa fue gratis, te la dejo. Entonces, fingieron dos años ser familia. Era lo que habías calculado que iba a tardar poner todo este esquema en acción. Incluso, Marcelo te agarró cariño y le pudiste sacar cierta información sobre Luciano. Pero te enfrentaste con un problema: Lauredo. La gente amaba al dueño de Las Razones y a su pescado a la isabelina. ¿Cómo ibas a presentarle al mundo un Lauredo criminal? Cambiando la opinión pública. Enviaste amenazas a los Richards de parte del Gordo y los conservaduristas, lo que le hizo creer a Luciano que Lauredo era un radical. Obviamente, mandaste a uno de los chicos de allá afuera para robar los planos en casa de los Richards. Esto generó miedo y sospechas hacia Lauredo. Luego, le hiciste creer a Lauredo que era Luciano el que quería destruir Santa Isabel del sur. No me hagas olvidar el paso uno, sin el cual nada de esto hubiera sido posible: la compra de una comisaría en decadencia, sin un centavo estatal, y de su capitán de policía, Alquímides Santorro; lo hiciste un supuesto consultante de seguridad al que otorgabas ochenta mil dólares bimestrales para pagar las mordidas de toda la estación. Entonces, tenías a la policía, tenías enemistad entre las partes donde todo el drama se iba a desarrollar. Tenías contratado a los yams como brazo fuerte, pues en dado caso que todo saliera mal, Alquímides iría detrás de ellos y ¡aquí no pasó nada! Además, habías inculpado a Lauredo, así también te lo sacabas de encima; él iría a la cárcel, donde, probablemente, lo torturarías para hacerle creer a los medios que era un radical y que no quería revelar el paradero del muchacho. Todo con el objetivo de, finalmente, matarlo y justificarlo como alguien que "se resistió a la Fuerza". Por otro lado, sin el Gordo en la película, ¿quién te iba a decir que no? Entonces, los supuestos conservaduristas seguirían con el secuestro hasta que se llevase a cabo. A los Richards, decepcionados, no les quedaría más remedio que ceder y pagar cien millones de dólares, es decir, las acciones de Luciano en Edén Corp, lo que lo sacaría de cualquier posición de poder en la compañía. Tú tomarías esas acciones y te convertirías así en el inversor y el contratista más grande de toda la ciudad, lo que te daría la libertad para tirar una bomba atómica y construirla desde cero si quisieras. Bueno, lo demás son supuestos: cuando la noticia del secuestro se ahogara entre otras nuevas, el rey de Santa Isabel se separaría de su supuesta esposa, la cual se llevaría a sus supuestos hijos con ella. Como Guadalupe allá afuera, la posible pareja de uno de los yamanahuire y sirvienta de los Richards, la cual te informó que un incómodo detective, un hombre con una "asquerosa fe cristiana", nieto de una mujer con la misma fe, iba a llegar a Santa Isabel para descubrir lo que había pasado con Marcelo Richards. Obviamente, sabías quién era. La vieja ya te había hablado de él; te había hablado de Berty. Entonces, decidiste seguirlo para medir cada uno de sus pasos. ¿Me quedó algo por fuera?

Bertolt terminó de hablar y se sentó entre aplausos de Lavalier.

—Impresionante, detective. Muy impresionante. Realmente, eres todo lo que tu reputación dice. En hora buena por Alicia. Consiguió al sabueso perfecto —afirmó Lavalier abriendo uno de los cajones de su escritorio.

"¿Me vas a matar ahora, asesino?", pensó al verlo moverse.

—Lavalier, solo tengo una cosa que no me cierra —le dijo justo después.

—Dime, detective.

—¿Por qué Santa Isabel? —preguntó nuestro héroe y continuó—. Un pueblo tan atrasado, una ciudad insignificante, en el medio de la nada. Con tus aires de grandeza, ¿no era mejor Edén Central o México?

—Me pareció increíble todo el análisis de mi modus operandi, pero es cierto que noté en tu monólogo cierta inseguridad en referencia al motivo. Obviamente, cien millones de dólares es una cantidad desorbitante. Pero tanto tú como yo sabemos que el dinero no es lo único que mueve al hombre, ¿correcto? Mencionaste mi desprecio por la tradición, pero, como bien inferiste, en un pueblo insignificante como este, ¿vale la pena tanto esfuerzo? Pues hay otros lugares más antiguos, donde mi trabajo y dedicación tendría más sentido.

"¿También lee mentes este asesino?", pensó nuestro héroe y asintió.

—Te pongo este caso hipotético. Si en vez de raptar a Marcelo, hubiera raptado a Alicia, ¿estarías aquí? —dijo sacando algo de los cajones.

"¿A dónde vas con todo esto?", caviló Bertolt.

—¿Qué te trajo de vuelta a Santa Isabel? —preguntó Lavalier.

—Alicia me llamó —respondió nuestro héroe.

—Exacto. Exacto. Nada más te hubiera traído a Santa Isabel. Ni siquiera el velorio de tu abuela te empujó a venir —afirmó.

—¿A dónde vas con todo esto, Lavalier? —preguntó nuestro héroe, angustiado.

—¿Por qué estás aquí hoy, Berty, sentado en mi sofá? —inquirió nuestro enemigo.

Su cabeza ardía en información y contradicciones. No sabía hacia dónde se dirigía Lavalier. Había estado un paso adelante de él desde el inicio.

—Para ponerle rostro al demonio detrás de todo esto —expresó nuestro héroe con desespero.

—Oh, ¿sí? Bueno. Estoy encantado con tu historia. Pero ¿me dejas contarte una yo? —preguntó Leon Lavalier.

## UNA LLAMADA DESPUÉS DE ORAR

El detective asintió.

—Hace muchos años había una familia, aquí en Santa Isabel. No era una familia feliz, de hecho, era bastante problemática. Hoy, la llamarían "disfuncional". Esta familia estaba compuesta de papá, mamá y dos hijos. Algo interesante pasaba con esta pareja, pues se dieron cuenta de que realmente no querían estar casados ni, mucho menos, ser padres. Entonces, idearon un "esquema".

En medio de la historia, los dos escucharon ruidos de disparos, gritos y golpes desde dentro de la casa.

—El esquema era sencillo —continuó Lavalier sin reaccionar a lo que estaba pasando—: dejar en un orfanato a los hijos y liberarse de las ataduras de la sangre. Pero la sangre siempre tiene ataduras, ¿no? Entonces, encuentran resistencia en un familiar, que les implora que por lo menos, dejen al hijo menor con ella. Por qué no el hijo mayor, te preguntarás. Bueno, digamos que este era bastante extraño e incómodo. Dibujaba cosas perturbadoras, siempre con sus lápices y su silencio. El otro era extrovertido, atlético y bastante, pero bastante, creyente, a pesar de la insistencia de sus padres en cambiar esto. De esta forma, el menor se fue con el familiar y el mayor al orfanato en México. ¡Libertad! Pero la parte más interesante de la historia es que el menor nunca se enteró de todo esto. Pues sus padres y el familiar le mintieron por cuarenta y cinco años diciéndole que su querido hermano había muerto.

Al terminar de decir esas palabras, Lavalier sacó lo que estaba buscando: era un crucifijo de oro.

A Bertolt, para ese entonces, se le había caído cualquier pretensión de fortaleza y los ojos se le habían inundado de lágrimas. Lo único que pudo decir, fue:

—¿Ernesto?

Salcedo no tardó en entrar por la puerta de la oficina, acompañado de cuarenta federales, quienes arrestaron rápidamente a Lavalier.

—Misión cumplida, Berty —le dijo Lavalier a Bertolt, con una sonrisa de complacencia, mientras se lo llevaban esposado. Antes de irse, le dejó el crucifijo en la mano. Era el mismo que colgó en el cuello de Rigoberta Cifuentes por más de setenta años.

Nuestro héroe estaba sin palabras. Entre el caos, los gritos y los yams arrestados, aquello era demasiado. Sin embargo, él no escuchaba nada más que la historia de su vida, repetida en los labios de León Lavalier. "No puede ser, Lavalier no puede ser Ernesto".

—Encontramos al muchacho, Cifuentes, encontramos a Marcelo —le dijo Salcedo interrumpiendo su pesadilla.

Cuando Bertolt alzó la mirada, pudo ver a Marcelo entre los federales. Nuestro héroe se paró y fue corriendo hacia él para darle un abrazo.

—¿Estás bien? —le preguntó al chico.

—Sí —respondió tímidamente.

—Felicidades, sabueso. —Volvió a interceder Salcedo.

Bertolt, en shock todavía, sacó su libreta y la carpeta Manila, la de los conservaduristas, y se la entregó.

—Aquí está todo. Hay suficiente como para encerrarlo de por vida. También tengo pruebas contundentes de que mató a una anciana de ochenta y seis años —dijo Bertolt en su papel de detective.

Salcedo lo miró y asintió con tristeza.

—Tenemos que despejar la propiedad, Cifuentes, te vamos a llevar a la comisaría para las últimas preguntas —afirmó su antiguo compañero de patrulla.

Entonces, se acercó un oficial y lo escoltó hacia el carro. Mientras caminaban, pudo observar a Lavalier sentado en la parte trasera de la patrulla.

Cuando le contó a su pastor, le dijo:

—Lavalier me miraba como si, detrás de sus ojos, estuviera todo el infierno.

Al verlo, recordó de nuevo aquella tarde cuando jugaba bombitas con el Gordo. Alicia estaba sentada en las escaleras y Luciano apareció. Fue ahí cuando perdió a Alicia. Fue ahí cuando Pancho se burló de él. Fue ahí cuando el Gordo intercedió en su defensa. Fue ahí cuando Pancho le rompió la nariz al Gordo. Fue ahí cuando él se metió a defenderlo. Fue ahí cuando vio a su hermano, sentado en la lejanía, dibujando líneas infinitas en una libreta. Fue ahí cuando lo vio reírse, con la misma risa de infierno. Fue ahí cuando inició toda esta historia.

# EPÍLOGO

Vio estacionarse al Mercedes blanco a una cuadra de la iglesia. Alicia fue la primera que salió. Tenía un vestido del mismo color que el auto. Después, Luciano, con su típico traje azul marino y, por último, Marcelo, en un traje de tres piezas, negro. Bertolt Cifuentes Akul estaba en la entrada de la iglesia, recibiendo a cada una de las personas que llegaban. Al lado, estaba su pastor, viéndolo maravillado. Cuando los Richards llegaron a la puerta, lo abrazaron con todas sus fuerzas, incluido Marcelo. Nuestro héroe los llevó a sus asientos, habló un rato con ellos y, rápidamente, volvió a la entrada. Poco tiempo después, apareció una Ford Focus azul de los 90 que ocupó dos espacios a propósito. De ella, salió Lauredo "el Gordo" Cifuentes, arreglándose el cabello en el espejo retrovisor. Cuando llegó a la entrada, su primo lo interceptó.

—No cambias, Gordo, ¿ah? —le dijo molestando.

—Berty, shh. No me digas esto al lado del pastor. Aparte, estoy aquí, ¿no? —respondió Lauredo y entró.

Bertolt lo vio buscando lugar. Pero en eso, Luciano Richards alzó la mano, indicándole que había uno disponible al lado de su familia, a lo que el Gordo accedió contento.

—Tú tienes una manera de evangelizar muy rara, detective —le dijo el pastor para molestarlo, lo que les provocó risas a ambos.

Mientras saludaban a más visitantes, apareció la secretaria del pastor y les informó que había una llamada para el detective Bertolt Cifuentes Akul.

Nuestro héroe caminó hacia la oficina y tomó el teléfono.

—Berty, ¿estás ahí? Quería que lo escucharas por mí: la cárcel ya no es mi hogar. Tú sabes que podía salir cuando quisiera, pero las apariencias importan —dijo y suspiró—. Me iré de vacaciones un tiempo, pero no me extrañes mucho, porque tengo la incómoda condición de siempre volver, y volver, y volver. ¿Ya le contaste a Alicia que todo este episodio fue culpa de tu hermano difunto? Es decir, ¿tu culpa? Sé que están en la iglesia, entonces, espero que pueda perdonarte. ¡Ja! Cuídate, detective, nos vemos muy pronto. Ah, se me olvidaba, lo que cargaba el político en las manos eran unos nuevos planos para acabar con la catedral en Edén Central y construir un edificio espectacular en su lugar. Ahí está, hermanito. Te resolví el caso —dijo entre risas y colgó.

Nuestro héroe salió de la oficina y caminó hacia el altar mientras sonaban las alabanzas. Después, se tiró al piso de rodillas y empezó a orar.

—Señor, perdónanos. ¿Cómo es posible que seamos capaces de tanto dolor? ¿que alguien cambie tanto? ¿que los demonios corran entre nosotros? Señor, necesitamos tanto de ti, de tu sangre, de tu espíritu de paz. Señor, dame las fuerzas para atrapar a Ernesto. Esto es lo que tu elegiste para mí. Ayúdame a quitar a este psicópata de las calles y a limpiar este mundo de seres como él. No es fácil lo que me has elegido, pero alguien tiene que hacerlo. Señor, bendice la vida de Lauredo y hazlo que vuelva a ti. También la vida de los Richards. Te amo, Jesús. Gracias por ayudarme. Amén.

Luego, se paró y se sentó al lado del Gordo.

Cuando el pastor terminó de predicar, la familia Richards pasó al altar. Alicia estaba llorando, Marcelo también y, poco después, Luciano los acompañó. Lauredo también escondía unas lágrimas tímidas, que se secaba constantemente con su corbata.

## UNA LLAMADA DESPUÉS DE ORAR

Luego, el pastor invitó a Bertolt a decir unas palabras. Nuestro héroe accedió y caminó al púlpito. Dándole dos golpes al micrófono, abrió la antigua Biblia golpeada de su abuela hasta caer en su versículo favorito. Tomó aire y, en un suspiro que duró toda la eternidad, leyó:

—Los ojos de Jehová están sobre los justos. Y atentos sus oídos al clamor de ellos. La ira de Jehová contra los que hacen mal para cortar de la tierra la memoria de ellos. Claman los justos, y Jehová oye, y los libra de todas sus angustias. Cercano está Jehová a los quebrantados de corazón y salva a los contritos de espíritu. Muchas son las aflicciones del justo, pero de todas ellas le librará Jehová. Él guarda todos sus huesos. Ni uno de ellos será quebrantado. Matará al malo la maldad y los que aborrecen al justo serán condenados. Jehová redime el alma de sus siervos y no serán condenados cuantos en él confían.

Salmos 34:15-22

# SOBRE EL AUTOR

Oscar Ernesto, nacido el 13 de enero de 1997 en La Habana, Cuba, se trasladó a México a los 11 años, donde descubrió su pasión por la literatura. A los 21 años, llegó a Miami, y allí su escritura se enriqueció con nuevas experiencias. A pesar de sentir a veces una distancia con su fe, a los 25 años tuvo un encuentro personal con Jesús que transformó su vida y obra. Su escritura explora la condición humana, el enfrentamiento entre el bien y el mal, y la búsqueda de significado, reflejando un profundo respeto por lo divino y la lucha cotidiana que enfrentan todos los seres humanos.

Made in the USA
Columbia, SC
01 February 2025